ONO
ひろさき

弘前多譚

世良　啓

もくじ

はじめに

タウン誌「弘前」に連載を始めて、今年で10年です。最初の締切が4月上旬で、震災からまだ1ヶ月も経っていませんでした。

それから毎月休まずに10年、これはその120回分の記録です。私が初めて出す「本」は、積もり積もった10年の時間そのものになりました。

ですからなるべく加筆・修正しないで、かわりに今思うことを各回に小さくコメントしてみました。あれから変わってしまったこと、変わらなかったこと、忘れてしまったこと、忘れられないこと、いろんなことがありましたね。

私の10年はこんな風でした。あなたは、どんな10年でしたか。

弘前多譚 1

なあ、母さん

弓道場へ足を踏み入れるタイミングで「道場へどうじょう」……先輩の一言で腰が砕ける。だが侮ってはいけない。駄洒落、親父ギャグは古典的に言うとれっきとした掛詞《かけことば》の類、日本の国技である（持論）。きっとオヤジになるほど日本文化に開眼する人は多いのだ。

その点、早くも目覚めていた高校生の私は、友達と地味でオヤジな技に耽《ふけ》っていた。例えば『弘前中学校シリーズ』。「一中さ行っちゅう」「二中の奴さ似ちゅう」「三中の奴こっち見ちゅう」「四中で本読んじゅう」「五中の男子、ごっつー」「附中の彼女、手振っちゅう」……津軽弁現在進行形＝「ちゅう」を多用している点はよいが、苦しい感じは否めない。特に三中。

お気に入りの『弘前デパートシリーズ』。「ハイローザに入ろっ！　さぁ」「（大阪弁で）紅屋で買うた口紅や！」「カネ長さ行ぐ金ちょうだい！」「（鼻声で）中三から落下傘」「ヨーカドーで買った羊羹《ようかん》どう？」等々、こうして書きながらも、いい年をして自分はいったい何をしているんだかと遠い目になる。嗚呼《ああ》脱力。……それにしても懐かしい。おそらくこの中で平成世代にも通用するのは、中三とヨーカドーくらいか。おっと「あかいしで買った着物、朱いいしー」もあったな。

東北初の百貨店「かくは」を前身に持つハイローザが更地《さらち》になり、私たちは待ち合わせ場所を失った。やがて紅屋もカネ長も土手町を去ってしまった。それでも中三だけは蓬莱《ほうらい》橋《ばし》と一体化し、土手町の象徴・待ち合わせスポットとして、ずっとそこにあり続けた。

突然の、中三が無くなるというニュースは全国を駆け巡り、あちこちの友人から悲鳴みたいなメールが届いた。中三の無い土手町なんてあり得ない。土手町、いや弘前そのものが消えちゃうみたい、と。

あたり前のようにそこにあったものが、一夜にして消えて無くなってしまう……。鴨長明の心持ちでテレビや街を眺める。それでも忘れずに芽吹く木々や花蕾。大丈夫だよ、弘前は。桜まつりもやめない。はかなく弱く、樹齢短いソメイヨシノを、こんなにも長い間咲き続けさせて来た町だもの。ここからできることは、きっとある。自分が元気じゃなきゃ誰かを元気になんかできないんだよって、じょっぱり桜にパワーをもらった後は、とりあえずみんなで街へ出よう。駅前に、土手町に、そして、中三に行こう！　なあ母さん。

（２０１１．５）

再生後はジュンク堂も出店しました、われらの中三は健在です。

喉元過ぎても

三月中、車を使ったのは二度だった。寒い早春の風の中、自転車や列車を使って出かけた。節電も節水も、結構がんばった。福島や仙台や岩手、八戸の友達に、何もできない自分へのせめてもの言い訳みたいに、なるべく低エネルギー生活をしよう、そう思っていた。

そんな時、四月から再び弘前まで通勤することになった。迷わず通勤手段に列車・バスと書く。自分一人が通勤するためだけにガソリンを使うのはあの時は申し訳無い気がしたし、車より列車の方が地球に優しくエコでもあるし、何より私は車の運転には不向きだ。五所川原まで通勤していた時には挫折して、通勤届けは車のまま、結局ずうっと列車通勤した。乗ってしまえば寝ていても目的地に着く列車やバスはいい。たまに運転する分には楽しいが、毎日となると車は、遠回りしてなるべく交通量の少ない道を選んでも、特に帰り道・夜道・雨降り雪降りの日は、くたくたになる。本当は運転しないに越したことは無い。

でも、いざ仕事に通うとなると事情が違った。荷物が多いなあ、とか、今日はすごく天気が悪いなあ、とか、晴れたら晴れたで花粉がなあ、とか。今年の大量花粉には参った。

列車で鼻をかみ続けるのも恥ずかしい。一度だけマスクをして自転車で行ってみたけれど、これは論外。そうなると、ついつい車に頼りたくなる。今日ぐらい……と思う日が続き、結局四月の通勤は列車と車、半々だった。運転の下手さと疲労にさえ目をつぶれば、車の方が移動時間も短いし、どこにでも行けて本当に楽なのだった。人は一度手に入れてしまった手軽さや便利さを、そうそう簡単に手放すことなんてできない。気がつくと節水や節電も、日々の忙しさに紛れて、おろそかになっていた。初めのエラそうな意気込みの分だけ、かなり情けない状況である。

結局、通勤届けを車で出し直す。でもスギ花粉が収まった今は、三日に二日ペースで列車通勤だ。駅まで歩く道には水仙に始まり沈丁花《ちんちょうげ》、桜、林檎《りんご》、ライラック……次々咲く花が鮮やかに季節の移ろいを教えてくれる。車内では読書もできる。駅まで歩くから健康にもいい。かといって完全に車をやめる勇気もまだ無い。とりあえず、列車通勤も、節電も節水もほどほどに出来る範囲でがんばろう。とりあえず細く長く、ちょっとでも続けることが大事だよね、とつぶやいてみる。

（2011．6）

いまだ車は手放せず。しかも今年はガソリンがすごく高い。

イスカンダルへ

キムタクの宇宙戦艦ヤマト実写版が昨年12月に公開されたとき、何をいまさら、と思ったものなのだけれど、でも今になってみれば、ううむ……と思う。

TV版宇宙戦艦ヤマトは、毎週観ていた、というか強制的に見せられていた。ガンダムもだけれど、ヤマトも放映当時は新しすぎて低視聴率で散々だった。でも我が家のチャンネル権は完全に父親だったので、そんなのおかまいなし、お茶の間に毎週当たり前のように流れていた。小一だった私は、あの、最後に必ず流れる「地球滅亡まであと○○日」という台詞《せりふ》がなんかすごく怖かった。ついでになぜかウチの本棚にも『ノストラダムスの大予言』があったし、木曜スペシャルも必須視聴番組なもんだから、困った。地球が滅びちゃったらどうしよう、と意外に子供はまじめに悩む。

ところで、沖田艦長や古代進君たちはあんなに命がけで、何しにイスカンダルまで危険な旅をしたのか。

ホウシャノウジョキョソウチ、を手に入れるため。

それが放射能による汚染を除去する装置だと知ったのは、いつのことだったろう。ヤマトが放映された昭和49年は、奇《く》しくも原子力船「むつ」が航行に失敗した年だった。それからもずっと青森は原子力発電所だの原燃サイクル基地だのと、原子力や放射能ととても深い関わりを持つようになっていく。

子供だって花火をするときには、必ずバケツに水を用意する。火には水。えんぴつには消しゴム。人は失敗する生き物だもの。でもヤマト放映から37年も経ち日本に原発は54基もできたのに、世界のどこにも放射能除去装置は無いし、宇宙にあって誰かが取りに行った話も聞かない。教師になって以来、理系の生徒に言うことといえば「誰か『放射能除去装置』作って！」だった。完全に他力本願。そう、それさえあれば、たぶん原子力も使ったっていい。でも、逆にそれまでは、原発、やめとこうよ。便利な暮らしの代償にしてはあんまり奴は怪物すぎる。ヒマワリだけじゃ、心細い。

今回、弘前大学は被災地への医療支援・放射線量測定チーム派遣《はけん》でがんばった。またかつて弘大医学部で高橋信次先生が打ち立てた理論からX線CTも生まれている。ならばいっそ放射能除去装置もいっちょ弘大で作れないかな。もしできたらノーベル賞、いや、弘前は世界を救うイスカンダルになれるんだけどな。

（2011．7）

除去装置どころか、除染した土を道路や農地に埋める法案ができました……。マジか。

新妻エイジと「クロウ」と弘前

『バクマン。』が面白い。週間少年ジャンプ連載中で現在NHKでアニメ放映中。主人公二人組が漫画家を目指す過程を描いた青春ストーリー。彼ら最大のライバルに新妻エイジという天才少年漫画家がいる。出身が青森という設定で15才で手塚賞を受賞、超売れっ子作家になる。その強烈キャラは他の追随を許さない。

彼は「シュピーン」だの「キエー」だの始終奇声をを発して騒ぎ踊りつつ、ものすごい速度で漫画を描き続ける。あれ、どっかで見たことがある。赤塚不二夫?楳図かずお?いやいや、弥三郎節を歌いながらものすごい速度で板画を掘り進めていく、ああ、これはやっぱり棟方志功《むなかたしこう》だわ。青森の天才の定番イメージか。それにしても、青森のどこ? 作者もそこまで考えてないだろう。でも地味に気になる。漫画に出てきたエイジの実家は山中の超田舎だった。彼のあの過剰な動きを見ると、絶対穏やかな下北や南部ではあるまい。実家から山ほど林檎が送られて来るところを見ても津軽人のはず。なら八甲田か梵珠《ぼんじゅ》か岩木、屏風山《びょうぶさん》方面か。

新妻エイジの出世作は「クロウ」。カラスをイメージした主人公クロウが活躍する王道少年漫画だ。そもそも彼が小学生の時に思いついたキャラだという。

なに、カラス？……これは、と閃《ひらめ》くものがある。

彼はきっと弘前出身だ、と勝手に確信。弘前といっても岩木山麓系。彼は子供の頃から訪れていた弘前公園であの夥《おびただ》しい数のカラスの大群を見たに違いない！ そもそも弘前は江戸時代すでにカラス退治に関する記録があるくらいで、今もゴミに対するカラスの攻撃には頭痛いし、公園側の電線がカラスでびっしりになる秋の夕暮れの気味悪いことといったら、ない。

よし、こうなったらである。いっそ作者の大場つぐみ＆小畑健氏にお願いして新妻エイジを借りてこよう。そしてたか丸くんとコラボでエイジとクロウにも弘前築城四百年を大いに盛り上げてもらおう。カラスと思うと憎たらしいけど、クロウ宣伝部隊だと思うと少しは腹もおさまる……かも。おさまらないか。でもマンガはすでに世界市場。弘前が新妻エイジの公式故郷ってことになれば、日本、いや世界中から観光客がこぞって弘前公園にカラスを見に来る……なんてことも無いとはいえない。無理か。でも志功ねぷたや奈良美智ねぷたの次は、新妻ねぷたなんてどうでしょう。

（２０１１．８）

棟方志功は青森出身の世界的版画家です。バクマンは2015年に実写化、今年2021年は舞台化！

星の宿にて ～ロマントピアの魅力～

温泉党だ。ヘトヘトな時はお湯に浸かるのが一番。アソベの森いわき荘・嶽《だけ》ホテル・星の宿ロマントピアと、岩木山周辺の温泉は特にいい。中でも星の宿は十五年前からの常連で、ここの露天風呂は天下一だと勝手に信じている。しょっぱくてミネラルたっぷりのかけ流しの湯は透明。露天は内風呂よりちょっとだけとろっとして濃く、湯冷めしにくい。とぷん、とお湯に浸かって深呼吸すれば、白神に続く山々から吐き出される清浄な風に春夏秋冬の匂いがして、細胞のすみずみまでも洗われる。齢《よわい》延ぶる心地す、って感じだ。

何よりこの露天風呂から眺める岩木山の秀麗さは他に無い。夕陽に燃えるのも、月明かりに浮かぶ姿もいいが、朝日に照らされた時には神々しいほどで、林檎農家のおばちゃん達が湯船でお山に手を合わせていた光景なんか、そのまま絵にしたいぐらい美しかった。

うちの子供たちが温泉好きになったのも星の宿のおかげだ。弘前は大人の観光地としては魅力満載だが、惜しいことにファミリー向けの施設が足りない。その点ロマントピアは遊具も豊富、焼肉もできる。夏は露天風呂にクワガタやカブト虫が飛んでくる。温水プールに天文台。冬はスキー。子供が喜ぶもんだから、家族で足繁く通ううちに、しつこかった長男のぜんそくが自然に治っていた。あせもや皮膚炎も、私の冷え性やひどい肩こり、産前産後のむくみや手術後の傷も、みんなここの露天の湯と岩木山に癒やしてもらった。

でも今、ずっとその露天風呂に入れないでいる。節電のため、という看板が出てるけど、本当は屋根が修理できないからなんだと馴染《なじ》みのお婆ちゃんが寂しそうに言う。直すのに大変《たげ》お金かかるんだど、って。

新弘前市にとって合併した旧相馬村は家族連れ観光の宝箱なのに、もったいない。特にあの本格的天文台「銀河」。ここに弘前市名誉市民、川口淳一郎氏に協力いただいて「はやぶさ」特別室を作ろう。そして子供達のための天文・宇宙関連イベントを開催しちゃう。すると弘前は歴史ある城下町で、世界遺産白神山地への拠点都市で、その上、子供と未来と宇宙に繋がる町にもなれる。観光都市として最強だ。

不思議な伝説も多い相馬の地で、岩木山と星空を眺めながら過去と未来とに思いを馳《は》せつつ、あの露天風呂に、ゆっくりと浸かれる日が早く来るといいな。

（2011．9）

😄 露天風呂に「星天の湯」、内風呂には「羽衣の湯」という名前がつきました。

ドラえもんの道具 ～苦楽メーター～

最近は、ちっちゃい子供に「あんなこといいな♪できたらいいな」と歌ってみても、キョトンとされる。「ドラえもんのうた」だと気がついてくれるのは中学生以上かな。それでも、例えば四次元ポケットから一つだけ道具を出してもらうなら何がいい？　とか、好きだった話は？　となると、大人同士でも盛り上がる。

ドラえもんの道具でなぜか強く心に残っているのが「苦楽メーター」という道具で、その話をすると「それ何？」的な反応が多いから、あまりメジャーでは無いんだろう。ベルトがついたメーターを腰につける。メーターにはニコニコマークとその逆のニガニガした顔マークがついていて、嫌なことや苦しいことを体験するとそれがメーターに記録され、その分だけいいことが起こる仕組みだ。逆にいいことを体験した数だけ嫌なことや苦しいことも起こる。苦は楽の種、楽は苦の種の格言をそのまま形にしただけの道具だ。

だけど幼い頃にその話を読んで以来、時々自分の身体のどこかに透明な苦楽メーターがついてるような気分になったものだ。特に苦しいとき。ああ、しんどいなあ、と嘆く心の片隅で、これでニコニコメーターに少しは溜まったかな、とも思ったりする。きっといつかこの分だけいいことがあるからさ、と自分に言い聞かせる。逆にあんまりいいことが続くと、まずいなあとオロオロしたり、変にストイックになったり、あえて面倒なことをしたりする。なんか打算的だなあ。

もちろん現実はそんなにシンプルじゃ無い。どんなに頑張ったって「はいそうですか。じゃあ…」ってことにはならない。苦労や努力は必ずしも報われるとは限らない。知ってる。この世界はいい意味でも悪い意味でも不確かで不公平。それでも自分の透明な苦楽メーターは、きっと当分ここにある。そう思う方がちょっとだけ生きやすい。時々「今ってどれくらいなのかな」なんて目盛りを気にしたりして…。それにしても、もしも今ここに本物の苦楽メーターがあったら、すぐにでも送ってあげたい人がいる。本当にたくさんいる。

ところで懐かしの名曲「ドラえもんのうた」の作曲者は菊池俊輔氏。大ヒットアニメ、特撮、テレビドラマの作曲では知る人ぞ知る人物で、弘前出身です。

（2011．10）

菊池俊輔（きくちしゅんすけ）さんは、弘前工業高校出身。今年４月に永眠されました。合掌…

世界農業遺産の能登

九月十三日、岩木山。「奇跡のリンゴ」で有名になった畑を訪れる。この日はあいにくの雨降り。半信半疑で来てみれば、思っていたのとはまるで違う。「自然栽培」って自然のまま放置イメージだったけど、むしろごくごく普通のリンゴ畑である。雑草もちょうど綺麗に刈られた後で、きちんと手入れされた立派な畑には有袋、無袋の実がたわわにみのっている。秋の草花が咲き、土はスポンジみたいにふわふわで、一足歩くごとに雨水が沁みだす。この土に通常の畑の二倍の微生物が生きているらしい。長靴履いてきてよかった。ヒールの人たちは歩くのに悪戦苦闘している。

弘前大学のシニアサマーカレッジの今年の特別講座は「奇跡のりんごができるまで」だ。実は弘前大学農学部には木村さんの自然農法の再現性とメカニズムを生態系から研究する杉山修一教授がいらっしゃる。この特別講座だけは誰でも参加できるので申し込んだのだけど、行ってみると全国津々浦々《つつうらうら》から、マイクロバス三台分の老若男女がいらしていた。メディア効果の木村ファンもいるけれど、宮城や新潟、東北各地などから米や野菜の自然栽培に関わる人たちが実に多かった。中には三陸や福島など被災地域の方もいる。

しかし意外と地元参加者は少ない。「青森では木村さん、そんなに有名じゃ無いんですね。びっくりしました」と他県の方々に言われる。私こそ宮城や石川を初め、日本全国に木村秋則農法による「自然栽培塾」があって、そこから次々に無農薬米が収穫されているなんて全く知らなかった。リンゴより今はむしろ腐らない自然栽培米の方が注目を集めているらしい。

今年6月11日、国連食糧農業機関主催の国際フォーラムで石川県羽咋《はくい》市を含む「能登《のと》の里山里海」がなんと「世界農業遺産」に認定されたという。豊かな自然を残すため、生態系を生かした無農薬による画期的な米栽培が高く評価されたらしい。その農法こそ、A・Kメソッド。A・Kはアキノリ・キムラ。

つまり木村秋則農法は国連機関に認められたと？

知らなかった。悔しい。世界遺産白神山地のあるこの津軽で生まれた自然農法なのに、最初に「世界農業遺産」に認定された地域が津軽で無くてなんで能登なの？　石川県ではJAと行政が手を組み本格的に自然栽培を始めたのだ。そう、TPPと戦うために。（続く）

（2011．11）

☺ 棟方志功も寺山修司も木村秋則さんも、世界が認めてからの逆輸入ですね。

自然栽培発祥の地

TBS「夢の扉+」で10月に放映された高野誠鮮《じょうせん》さん。羽咋《はくい》市役所職員の彼は、神子原地区という限界集落を救ったスーパー公務員。そして「自然栽培実践塾」を創設、「奇跡のりんご」の木村秋則氏が提唱した自然栽培を広め、能登を「世界農業遺産」にした人だ。

それにしても石川県はすごい。JAと行政とが手を組んで、農薬や肥料を使わずに生態系の力を利用する自然栽培に着手するなんて。普通は、農薬や肥料を売って利益をあげる農協が真っ先に反対するだろうに。

だけど、自然栽培によって彼らが狙うのはそんなちっちゃい売り上げなんかじゃ無い。世界市場なのだ。例のTPP(環太平洋経済協定)への参加に農業県はどこも、この上ない危機感を抱いている。もちろん農業に限った話じゃ済まないみたい。自由貿易で安い他国の農産物がもっと輸入されると日本の農業は破綻《はたん》するって言われてる。怖いなあ。けど、先手を打って自然栽培・無農薬の米を栽培し、丈夫で安心で安全という付加価値のある農産物をつくろうというのだ。これは売れる。世界競争にも負けない。しかも鉄腕DASH

みたいに里山を生かしたこの農業、まさに若者がやりたい農業スタイル。すると農村に魅力的な雇用も創出できる。ＪＡはくい、なんという先見の明！

「そろばん勘定は大事なんです。無農薬で付くプレミアに、肥料や農薬を使わないコストダウン。これならいけるって、石川県は農協の決断と県知事からのトップダウンで決めた。能登は無農薬でやるんだって。来年成功すれば一気に全国に広まります」弘大農学部の杉山修一教授が教えてくださった。「でもどうしてそれが津軽平野の米からじゃないんでしょう」と聞くと、北海道出身の杉山教授は苦微笑した。「かえって地元は導入が最後になるかも知れませんね……」

国連食糧農業機関が約十年前に開始した「世界農業遺産」。それは次の世代に伝えるべき大事な農法や生物多様性のある地域を認定するものだ。農薬や肥料は地球温暖化をどうも促進してるらしい。でも自然栽培の木村農法がもし世界に広まれば温暖化も防げる、という。ならば世界遺産白神山地を臨む津軽平野も、木村さんの畑がある岩木山も、能登に続いてとっとと「世界農業遺産」をめざしちゃおう。『自然栽培発祥の地・弘前』なんて超クールじゃない？

（２０１１．12）

木村農法は特許をとらないそうです。誰でもどんどん自然農法やっていいそうですよ。

鷹匠女子高生を呼ぼう！

元旦は子供たちにお年玉を渡す前に、今年の目標は？　なんぞと他愛の無いことをいちおう聞いてみるのだけれど、さて、それは正月でもなんでもない日のこと。なんとなく二人の娘に、将来何になりたい？　と聞いてみた。ひとりは「保母さんか小児科のお医者さん」と澄まして答える。で、もうひとり。いやに瞳をきらきらさせて「鷹匠《たかじょう》！」と答えたのにはドッテンした。

どうやらその当時見ていたNHKアニメ『獣《けもの》の奏者《そうじゃ》エリン』のせい。でも、それだけじゃないらしい。「あのね、女子高校生の鷹匠がいてね、カラスを退治するんだよ。すごくカッコいいんだよ！」

佐賀県に住む女子高校生鷹匠、石橋美里さんのことだった。彼女はハヤブサの桃ちゃんを使い、神事からカラス退治までこなす立派な鷹匠なのだった。

まあ弘前のカラスときたら相変わらず、大変な勢い《いばだだ》で、せっかくの懐中電灯作戦にもめげず、ますます元気だ。私の車も時々空からいただきものをする。そんな時は「わーいウンがいいぞ」

と悔《くや》し紛《まぎ》れに言ってみるけど、でもねえ……。これが恐山ならぴったりだけど、なにしろほら、弘前城は鷹岡城って異名を持つのに、このままじゃ、烏城こと松本城も真っ青である。

というわけで築城四百年の追加イベントとして、女子高校生鷹匠の石橋さんを佐賀から呼んじゃおう！　九州新幹線を乗り継ぎ、東北新幹線はやぶさのファーストクラスで来ていただく。弘前城下の流鏑馬《やぶさめ》も本当に感動したもの、鷹匠まで来ちゃって、さらにカラスを撃退してくれるならこんな弘前築城四百年にふさわしい映像はない。ニコニコ動画で世界に配信できちゃう。

しかし、たかが数日鷹……いやいやハヤブサを飛ばしたくらいでは賢《さか》しい弘前カラスのこと、すぐに戻ってくるかもしれない。こうなったら彼女を呼ぶのを契機に、自前で鷹匠を雇おう。鷹匠免許のある人を市役所職員として雇用するとか養成するとかして、りんご娘ならぬ、『ひろさき鷹匠隊』を組織しちゃう。観光と保健衛生との一挙両得部隊である。もちろん鷹匠町に住んでもらおう。とどめに鷹匠隊名誉隊長は、活動延長が決まった「たか丸くん」だ。ああ、完璧！

「そうなったら鷹匠になって弘前をカラスから守ってね」とうきうきして言うと、娘はぼんやり「あ、もう鷹匠じゃなくパティシエにした」と言い放った。

（2012．1）

☺ この娘、いまは農林業にはまって、早池峰山に登っている。

土手ぶらカフェめぐり

一月三日四時、紀伊國屋《きのくにや》。まりちゃんと待ち合わせ。

私たちは高校で三年間クラスが一緒で、パン係だった。朝注文を取り注文票を置き、四時間目が終わるベルとともに、二人で購買部にダッシュする。早く行ったからって別に誰も誉めてくれるわけでもないけど、なんだか私たちはその係を進んで引き受けて、一円も間違わず、どこより早くパンをクラスに届けることに何故か賭けてるような、おかしな高校生だった。

彼女が東京の大学に進学し私は地元。互いに就職し結婚し、妻になり母になり、そしてこの正月、私たちはもう二十余年ぶりで、初めて弘前で子抜きで「飲む」約束をした。この嬉しさと緊張。ばっくばくである。

まずはお茶だね、ということで、右に曲がってzilch《ジルチ》へ行く。これがまさかのお休み。動揺を隠し、TUBE LANE《チューブレーン》への階段を昇る。しかし満席なのだ。それじゃあ、とルネスへ。ガルボは無いけど、チーズケーキファクトリー、って、ここも満席！　とぼとぼ中土手を下り蓬萊橋たもとのTEA&Co.へ。お茶好きのまりちゃん、たいそう喜ぶ。しかし奥は、なんとまあここも満席。チェンバロを覗いても座れそうもない。もう、どうなってるんだ弘前カフェ。大人気過ぎる。ようやく辿り着いたのがCAFE JEEBA《カフェジーバ》。昔漬物屋さんだったところ。よかった、かろうじて一席だけ空いている。

座ってほっとため息をついて笑う。気がつけば本当に気の遠くなるほど久しぶりにふたりで土手ぶらしたことになる。ハイローザも、ファストフードの店も、アーケードもなくなっちゃったけど、雪にしばれる道から一歩入れば、隠れ家のようなカフェで、お茶して談笑してるたくさんの人たち。そんな風景がなんだか暖かで幸せで、それがつまりは今も昔も土手町なのだった。ラテを飲みながら私たちもその風景の一ピースになる。「弘前、いいね。なんか」「うん。そうだね」

互いの身の上の今まで話せなかったあれこれをお茶が上手に抽出してくれる。GOROMO《ゴロモ》でビールを飲み、ピザを食べ、また中土手へ戻ってASYLUM《アサイラム》でまたビール。止まらない話と、止められない時間。もう帰らなきゃ。迎えを待つ間、TUBE LANEへリベンジ。焦がし玄米のほうじ茶ミルクを向かい合ってふうふう飲んで、私たちの弘前カフェ巡りは終わった。また土手ぶらしよう。懐かしい誰かが帰ってきたら。

（２０１２.２）

☺ 今年はムッシュでランチしました。まりちゃん、まだ土手ぶらしようね。

聖《セイント》☆おにいさん的弘前

中村光の『聖☆おにいさん』。二〇〇九年手塚治虫文化賞短編部門最優秀賞受賞以来、ずっと気になってたんだけど、ここへ来て一気に読んだ。がっつりストライク。世紀末を乗り切ったキリストとブッダが、しばしのバカンスで現代の東京で共同生活をする話なんだけど、神も仏もどこかにいそうなフリーターもどきの若者状態。ロックで無邪気なジョニーデップ似のキリストと、温厚なんだけど怒ると怖いしっかりもののブッダはとっても仲良し。聖書と仏典ネタ満載で、茶番とおちょくりもここまでくれば相当水準である。

けれどどこんなに面白くっても、面白いがゆえに障壁がありすぎてアニメ化もされないだろうし、海外輸出なんかしたら大変。真面目な国々からは確実に白い目だ。今なら顰蹙《ひんしゅく》を買うぐらいで済むけど、これが十字軍の時代とかだと……。いや、ちょっとね。

ともかくこれは神棚《かみだな》があって、仏壇《ぶつだん》があって、クリスマスを祝ったりする日本だからこそ生まれた漫画。どんな神様だって節操なく受け容れちゃう世界の辺境の日本人。そもそも八百万《やおよろず》の神っていう便利な多神教ベースに、流れ着いた人たちみんなの宗教を適当に改造してまるごと載《の》せちゃった感がある。

その日本の中でも特にこの津軽はキングオブ辺境といっても過言ではなく、負けた貴族や武士、焼かれた比叡山《ひえいざん》から逃げてきた僧とか陰陽師《おんみょうじ》、追われたキリシタンとか、時勢に合わない諸々の負け組をむにゃむにゃっと上手に受け容れてきた歴史がある。岩木山のもと豊富なカミサマ仏様を抱え、みんな仲良く暮らした。

そもそも五重塔境内に十字架の墓があるなんて。桁《けた》外れの寛容さ！　そう思って弘前の町を見渡せば、ここまでたくさんの宗派のお寺と教会が仲良く点在している町って、さすがの日本の中でも珍しいんじゃゃ？　と思う。人生結構つらいもんね、自然には勝てないしね、だから各自が拝みたいもの拝んで別にいいよね、なんて具合におおらかに許容するこの町の塩梅《あんばい》がいい。

この空気をインフルエンザみたいに世界に感染させられたらなと思う。神様とか信条を言い訳にして喧嘩してる場合じゃないって。それより神も仏も人間も仲良く総動員してやらなくちゃいけないこともあるはずだ。無党派無宗教の私でさえ、さすがにいろんなものに手を合わせずにいられない三月。一年、経つのだ。


（2012．3）

予想に反しアニメ化ドラマ化が実現、声優は星野源と森山未來。実写は松ケンと染谷将太！

カーネーションと看板下ろし

連続テレビ小説『カーネーション』。この半年、我が家はわざわざ録画して家族全員で毎晩欠かさず見た。抜群《ばつぐん》。さすが大阪、笑いとドタバタが半端《はんぱ》ない。プライドさえ感じる。どんなプライドだ……。しんみり泣かせた後にも「なんちゃって」が、必ず焼き肉の後の口直しガムみたいにすっと出される。伏線がミシンの下糸みたいに途切れず見えすぎず話を見事に縫い上げる。上糸はもちろん糸子の啖呵《たんか》と威勢だね。とにかく毎日見終わるのが惜しく、三月に入り主役が尾野真千子から夏木マリに変わる時点でさえ既《すで》に淋しかったんだから、四月の私はどんだけ脱力していることか。

脇役《わきやく》も一癖も二癖もあり、とりわけ小林薫演じる糸子の父親、善作はよかった。娘が自分を越えたと見た時、潔く自分の呉服屋《ごふくや》の看板を降ろし、新しい洋装店の看板を娘に残し、去る。甘っちょろい感傷も干渉も無し。まるで果たし状だ。ばさっと。同時にそれは50歳の善作自身への挑戦状でもあった。呉服屋は辞めたが商売を辞めるわけじゃない。自分自身の生き方を辞めないために、古い看板を下ろすだけのこと。

そういう意味で『カーネーション』は上等に「継《つ》ぐ」物語だった。何を受け取り、何を選び、何を残すか。それは形あるものとは限らない。糸子は父の呉服店を継がず、糸子の看板を継いだ娘もいない。しかし、笑い怒り迷い形を変え時代に翻弄されても消せない何かが、確かに継がれていく、そんな物語だった。

もちろん辛抱強く続けることで残せる貴重なものはたくさんある。逆に、終えることでしか始まらないこともある。自分にとって何を続けるべきで、何を終わらせるべきか。それは生きてみないと分からない。

今の日本では60歳が月給職業の定年、つまり看板下ろしだ。人より先に退職する時も、自分で選んだその歳こそが定年だ。卒業は結局学生の定年だし、その卒業を機に子供を社会へ送り出す親も育児の看板下ろし。外側から、あるいは自分の内側から、いつでも誰にでも看板を下ろすタイミングは訪れる。完璧とは行かないができる限り精一杯やったのなら、いい。誰かに継がれていく何かはきっとある。それが何かは自分にもわからないし、見えない。でも、たぶんある。

この春無事に看板を下ろした方々、オメデトウゴザイマス。定年は、いまからここからの、号砲だ。

（2012．4）

☺ 仕事を辞めて青森を離れるトモちゃんに捧げた回でした。

前川國男の桜の講堂

弘前中央高校の門から真っ正面に見える青い講堂。講堂なんぞを持つ贅沢な高校、さすが旧高女である。

この講堂に向かって左側に桜の古木がある。おそらく敷地内で最も古く、そして最も早く白い花を咲かせる桜だ。モルタルの南壁にくっついている枝先だけが春の陽射しに一番最初に愛でられ、可憐な花をひとつふたつと開く。知る限り、最も早い開花は卒業式の三月三日頃だった。今年は豪雪のせいで最も遅かっただろうな。この桜が山盛り満開になる頃を見計らい、クラス写真を撮影することが多いから、弘中央生の学生生活の思い出の背景に講堂の桜は絶対条件だ。

昔、講堂が建つとき、この桜は倒されるはずだった。

前川國男《まえかわくにお》は設計する時は、大概その場所に足を運んだというが、中央高校の講堂の建築を依頼された時も、実際に前川はここに来たという。そしてこの見事な桜の古木を見て講堂の設計を変えたといわれている。この桜の、この枝を一枝でも斬るのは惜しい、と言ったとか、言わないとか……。すでに伝説である。

かくして桜の木は残り、その木に寄り添うように、赤と青が印象的なモダンな講堂がシャンとこの地に立ち上がったのだった。創立五十年の記念に。

時が経ち、そんな話も忘れられ、桜の枝をあっさり切って下屋根がつけ足され、やがて新校舎建築の話が出る度にこの古い建物は不当に邪魔者扱いされてきた。とうとう老朽化と耐震上の問題などから取り壊されることになり、講堂に掲げられていた佐野ぬいの巨大な青い絵も校舎の階段の踊り場に移されてしまう。

それでもこの建物を残したいと願い続けた方々がいた。週末の隙間時間を使って無償で講堂の椅子をひとつひとつをそれはそれは丁寧に磨いて下さった。講堂を壊す県の予算がつかずモタモタしている数年のうちに、ささくれた木の椅子はボランティアの皆さんの手でぴかぴかに磨きあげられてゆき、ここを残したいと願う人たちもひとり、またひとりと増えていった。

今年、弘前中央高校の新校舎がいよいよ着工となり、それに先駆けて講堂の耐震工事が行われた。正式に残されることに決まったのだ。桜の古木を残して講堂を建てた前川國男と、彼の講堂を守ろうとしてくれた人たち。その心意気、効率では測りきれない。

講堂の壁は青空色。満開の桜がよく映える。


（2012．5）

そして講堂の桜の話を教えてくれたK先生、弘中央の校長先生になりました。

ザ・クロマニヨンズ in Mag-Net

「ザ・クロマニヨンズが来るよ、弘前に来るよ！　しかもなんとマグネットに来るんだよー」と、鬼の首一ダースぐらい取った勢いで彼女から電話が来たとき、私ときたら、

「はあ、誰それ」とか呑気に言ってしまって、

「ヒロト。甲本ヒロトだよー」

「えええええーっ」と叫ぶはめになった。

今年の二月三月は結構いろんなことがあったのだけれど過ぎてしまえば記憶は全部、猛吹雪の白い記憶と一緒にコチンコチンに閉じ込められてる。そんな日々の中、たまたまこうした勢いで四月のザ・クロマニヨンズのチケットを取った。

チケットを取る、という行為自体、そもそも大層くすぐったい。雪に埋もれながら早春の自分と約束するんだもの。行けないかも知れない。でももしかして行けるのかも。いや、きっと二人で行けますように。祈。

で結局、行けた。彼女はわざわざライブのために数時間かけてはるばる弘前まで駆けつ

けた。さらにいえばその日は彼女の誕生日。まさかのバースデイライブ。マグネット、なんと初めて入ったんだけれど、そこはまさしくオリオン座。そのまんまじゃん、と彼女。ビール片手に私たちは映画館オリオン座の名残に痺《しび》れる。

懐かしのTHE《ザ》 BLUE《ブルー》 HEARTS《ハーツ》。あれは弘前文化センターのライブ、二人で行ったね。リンダリンダの絶叫もまだ昨日のことみたい。忌野清志郎、泉谷しげる、矢野顕子…諸々一緒に行ったね。そして二十年以上がらくらくと過ぎてしまって、清志郎はもういないし、ヒロトもマーシーも年取ってたし、当然私たちの上にも時間が流れた。THE BLUE HEARTSはザ・クロマニヨンズに、オリオン座はマグネットに。しかし、昔習った不易と流行ってこういうことなんだろうかね。変わっても変わらないものがあるってことを、その夜私も彼女も、ちゃんと腹の底で理解した。すとん、と。

ヒロトは相変わらず跳んでた。年を取っても跳びに跳んでた。相変わらずロックな修行僧みたいな坊主頭とTシャツ姿で歌い、ただただ歌い、歌いまくり、ろくに喋《しゃべ》らず、これでもかと歌い尽くして、終わった。

結局ヒロトはヒロト、彼女も彼女。たいしたもんだ。だから飲んだ飲んだ。二十数年ぶりに弘前で彼女の誕生日を祝いながら。時の流れは、案外優しい。（2012．6）

ユカと行ったMag-Netは去年閉店。でもKEEP THE BEETができ、JOY・POPも帰ってきた！

太宰の下宿に又吉を

去年の五月、たまたま金木の太宰治疎開《そかい》の家（新座敷）に行った時、たまたま又吉に遭遇した。

お笑い界で異才を放つ、ピース・又吉。

長髪、猫背、憂い顔。かつて死神の異名もとったけど、今や、よしもと一のオシャレ芸人。趣味は散歩と読書。今年の「新潮」一月号では作家の古井由吉と対談までしてたけど、ううむ、と唸るやりとり。そこらの本好きタレントとは一線を画し、爆笑問題の太田光に匹敵《ひってき》、いや凌《しの》ぐ知識と語彙《ごい》センス。書評もうまい。

彼は毎年六月十九日に「太宰ナイト」を開催するくらいのヘビー太宰ファンだ。太宰との因縁は浅からぬものがあるらしく、例えば、以前彼が三鷹で住んでいた建物が、偶然太宰の家の跡地だったらしい等々。

その又吉、金木に疎開中の太宰が過ごした新座敷がとっても気に入ったらしく、たくさん太宰グッズもお買い上げで、「今度はなんだかファンの人たちを連れていらっしゃるみたいなんですよー」と、新座敷ご主人の白川公視さんがニコニコ教えてくれた。

そう、数ある人気文豪のうち、執筆した部屋がそのまま残っているケースは意外に少ない。生家の斜陽館は言うまでもないけれど、白川さんご一家が頑張って残した金木の新座敷は太宰が実際に執筆した場所であり、小説にも登場する場所であり、つまりとっても貴重で、ファンにとってはまさに聖地である。

太宰が執筆した場所は実はもう一カ所残されている。それこそ弘前大学近くの「太宰治・まなびの家」だ。太宰はそこに下宿して旧制弘前高校（現弘前大学）に通いながら同人誌活動をした。（その展示を今、弘前市立郷土文学館でやってます）でもその情報は、残念なことにマイナーで、とっても知名度が低い。

そこをなんとか又吉に伝え、まず太宰下宿に足を運んでもらえたら、と、また妄想。そしたら全国太宰ファンへの宣伝効果は抜群のはず。ついでに弘前で彼に「太宰ナイト」をやってもらえたらな。弘大生の皆さん、学祭で呼んだらどうだろう？　あとは、弘前オリジナル太宰グッズさえあれば完璧。とにかく、新座敷が気に入ったなら、きっと太宰の下宿や弘大にも喜んで来てくれるんじゃないかな、又吉。ちなみに彼は大阪出身。太宰は生前、自分のファンはなぜか故郷より大阪に多い、みたいなことを書いていた。（２０１２．７）

☺ 2019年に弘前市民会館で又吉のトークショーが実現、太宰ナイト実現の日も近い、かも。

私の大切な人

この七月七日、青森地域文化活性化研究所から出版された『愛の山脈~私の大切な人~』という本がある。商業出版ではない。平川や黒石、弘前ゆかりの45名が各自の大切な人について書き、それを伊藤蒼風さんが編集した。教育、農業、警察、会社経営から、造園、茶道、書道、琴、川柳、民謡、スポーツ……実に様々な分野で活躍なさった書き手の方々が、その方自身の誠実な言葉を使って、自分が自分として存在するための「大切な人」について述べた、いわば大人の文集だ。

文中には、清藤盛美氏、大川亮氏、佐藤中隠先生や獏不次男先生、佐藤初女さんなどの名も見える。場所も津軽、東京、セブ島、アメリカ、オーストリア……。多岐多才、有名無名に関わらず、ほとんどの登場人物と書き手が津軽ゆかりの市井の方々なのがいい。今和次郎よろしく、現代を生きる人々の生の思いと言葉の採集本だ。ソフトボール日本代表元監督・齋藤春香さんやクレヨン画家・孫内あつしさんのお母さんなど、45人中過半数が家族、特に父母について書き、次に子や孫、家族全員へ……。照れるのか、伴侶を取り上げた人は4人と少ない一方で、師を「大切な人」として選んだ方が8人も。佐藤きむ先生の恩師のお話など、師にも師はいるのだと感慨深い。人生でどんな師を得たかということは、きっとかなり重要ポイントなのだ。

ひとつひとつ読み進めるうち、では自分の「大切な人は?」と問われている気分になる。今ここまでこうして生きられたのは誰に出会ったからだったか。あの日、誰に一番会いたかったか。そしていずれ来るその日に誰を思い出すのか。自分が生きた証とは……。

さて、この本に登場する中で唯一まだ性別不明の「大切な人」がいた。大久保さんのお腹にいる人。これから生まれてくるその人や、その人の生きる時代の無事と幸せなんかを自然と祈ってしまうのは、そんな風に私たちも誰かに祈られ、生きてきたんだと思うからだ。結局、誰もが誰かの大切な人なのだ。(ちなみにこの本、弘前の紀伊國屋さんに少しだけ置いていています)

(2012.8)

蒼風さんが教えてくれた大川亮、このあと陸奥新報に2年連載することになる。

弘前多譚 17

あかるいねぷた

行かないうちさっぱりしないんだもの、というわけで、弘前ねぷた、今年も当然見に行った。駅前コースを見るのは久しぶり。弘前郵便局前で順々に出発するねぷたを見送り、最後の一台を見届けるともう九時半過ぎ！　今年はなにやら参加台数も戦後二番目に多いとか、これでも全部じゃないと聞き、ほへーっと気が遠くなる。ところで、まつりの雰囲気にちょっとした違和感。おや何だろうと考えて、ああ町内ねぷたより同好会とか企業とか、同質、同年代等による「仲間っこ」ねぷたが随分増えたんだ……と気づく。

そういうねぷたはとにかく楽しそうだ。鉦《かね》や太鼓《たいこ》のテンション高く、囃子《はやし》も早めの平成リズム。中には「やーやどーっ！へいっ！」なんて拳《こぶし》を振りあげたり、ステップつきだったり、観客にお土産渡したり……。服装や髪型も随分テイストが違う。立佞武多《たちねぷた》スタイルの影響かな。ともかくみんなすごい明るい笑顔。ねぷたに参加するのを心底楽しみ、はじけて、盛り上がってた。

それが悪いってわけじゃなくて、ただその明るさ無邪気《むじゃき》さを見てるとつい昔ながらの町内ねぷたの郷愁に浸ってしまう。やっぱりほら、昭和生まれだから……。

ゆったり流れる笛太鼓に合わせ、浴衣《ゆかた》や半纏《はんてん》の老若男女が「ヤーヤドー」と歩く姿に城下町の気概《きがい》とか気位がにじんでた町内ねぷた。青森の騒々しい凱旋《がいせん》ねぶたに比べ、弘前は出陣ねぷた。行列には、提灯《ちょうちん》を手にニコリともせず口をぎゅっと結んでどっしどっし歩く町内の主《ぬし》・ねぷた長老的な人が必ずいた。逆に普段怖いのに、酔っ払って完全なる痴愚《もっけ》と化すおじさんもいたけどね。それはそれで哀愁が漂ったりして。

ともかく記憶の中のねぷたにはいつもどこか渋い影がある。志功じゃないけど、扇ねぷたの後姿はとりわけせつなくて、ねぷたの戻《もんど》りこを見送る時には、誇らしさと寂しさと畏怖と哀愁とで、胸が詰まった。

ま、もともと都の人たちを驚かそうなんていう津軽為信《ためのぶ》の茶目っ気から始まったともいわれる祭り、明治には喧嘩ねぷたで死者まで出たりして……スタイルを変えながら、その時代時代に合わせてカブき、モツケていくのこそがねぷた本来の血なのかもしれない。

さ、秋だ。岩木山のお山参詣《やまさんけい》の季節。

こっちもそのうちヒップホップ調のサイギサイギで華やかに登山する団体が現れたりしてね。(……無いか。)

(2012.9)

☺ヒップホップと津軽は相性がいい。日本のヒップホップの祖は吉幾三といわれる。

ケニアと英語と弘前と

エドワード君は驚いた。

成田空港で交わされる訳の分からない言葉のるつぼにいきなり彼はぽつんと放り込まれた。迎えに来た日本人に一生懸命英語で話しかけたけど、相手の人は曖昧に微笑みながら身振り手振りで「こっちこい」……聞きたいことは山ほどあるのに沈黙のまま弘前へ。着くまでの間、彼はひどく後悔した。母国ケニアで全く日本語を勉強してこなかったことを心から後悔した。

ケニアには47部族があり、各々違う言語を話している。彼の母語はスワヒリ語。だから部族間の共通理解のために、ケニアでは英語も母語並みに普及している。

そ、英語さえできれば楽勝。この世界のどこにいっても言葉で困ることなんかないはず。ましてや細菌学を学ぶために自分が選んだ弘前大学は、世界で最も進んだテクノロジー大国、日本にあるのだ。勤勉でまじめな日本の人々、未来都市のような街にはきっとロボットが溢《あふ》れ、世界中からたくさんの人が集まり、みんな当たり前のように英語でコミュニケーション……。

って、そういう想像はこっぱみじんに砕け散った。え、英語が通じない？　ま、まさか。聞いてないぞ。そんなこと。な、なぜみんな日本語しか話さないんだ？

だから腹くくって自分が日本語を勉強することにしたんです。難しい！　難しいけど、自分は勉強もチャレンジも好きなのです。日本人はシャイで失敗を恐れ、みんな英語を知ってても話さない。でも自分は日本語、どんどん使います。間違うとみんな教えてくれる。それがまた勉強になります、と、こっくり深い黒色の肌に瞳を輝かせ、エド君はそんな話をしてくれた。私が生まれて初めて会ったケニアの人。日本語イントネーションがちょいと訛りかけてるところもよい。

ちなみに好きな日本の小説は？　と聞いたら、なんと『人間失格』だという。ケニアの書店で英訳を見つけて何度も読んだって。おお、世界の太宰！

こうなったら次は『英語の街・弘前』か。弘前出身の文芸評論家三浦雅士氏も学生に、このネット時代、とにかく英語勉強しろって力説されてた。そもそも吾々は津軽語と共通語のバイリンガル。その気になれば英語ぐらい！　いっそ保育園から英語と津軽語を教え込んじゃう。そのうちに世界の人が「日本さ行くんだば、やっぱ弘前だっきゃ?·英語通じるはんで」って話になったら楽しい。

（2012.10）

「人間失格」が世界で愛されるのはドナルド・キーンの名訳のおかげですね。

弘南鉄道で行こう！　日本一の田舎編

高校生の頃、いつか海か線路の側に住みたいと思ってた。原因は不明。でも電車に乗るのは好きだ。どんなに近い場所で例えそれが通勤とか出張だったとしても、電車に乗った途端、それは小さな旅になるから。

この秋、弘南鉄道弘南線に生まれて初めて乗ってみた。黒石駅の昭和チックな券売機で弘前駅までの切符を買う。四五〇円。所要時間三十分。昔懐かしい厚い切符をパッチンしてもらい、車内へ。東急を引退し、都会から津軽暮らしとなった車体は古いとはいえ気持ちよく掃除され、ほどよいレトロ感。赤いビロードのシートに腰を下ろす。エンジンが入り、Bunkamura《ブンカムラ》の刻印のある吊《つ》り輪が左右に揺れ、出発。

黒石を発ち境松駅へ。鎌倉時代に工藤一族によって旧黒石城が築かれた場所。近くに青森県農業大学校があったけど、三年前廃校となる。もったいない。

そして田舎館駅。今や全国区となった田んぼアートの華やかさとは遠く、古い趣ある駅舎は無人でひっそりしている。それにしても田んぼアートはスゴイ。何がスゴイって、年々進化する美しさとか、ボランティアによる農作業とかいろいろあるんだけれども、何より垂柳《たれやなぎ》遺跡があって、ここが北日本の稲作文化発祥の地だってことだ。古代米を使うのにも正当な理由がある。田舎館から平川にかけてのこの豊かな田園が古代から綿々と続く営みだという歴史的根拠が有る限り、どんなに他所《よそ》で田んぼアートを真似しても、敵《かな》うまい。

三つの頂の母性的な岩木山が平野にすっくり佇《たたず》み、薄青の秋空に浮かぶ。その裾野《すその》に続く低い山々がお盆の縁のようにぐるりと肥沃《ひよく》な田んぼを包む。一目瞭然《いちもくりょうぜん》、津軽平野は本当に盆地なのだ。遥か弥生時代からの恵みの土地。今も平賀の田んぼでは食べる米だけでなく青森の種籾《たねもみ》を一手に栽培していると聞く。全ての青森県米のふるさとはここなのだ。小さな電車はゴトゴトと、何に遮《さえぎ》られることも無くまっすぐ平野を横断してゆく。私は座ったまま岩木山と古代から続く田んぼと向き合い、しばらく見事なパノラマを満喫《まんきつ》する。

たぶん地元の人たちは気がつかないんだと思う。あまりに当たり前にそこにあった景色だから。けど異邦人の私からすれば、この岩木山と津軽平野の風景はまぎれもなく由緒正しき日本一の田園。日本一の田舎《いなか》鉄道・弘南線として、世界に自慢できる宝物だ。

（２０１２．11）

☺ 垂柳遺跡に残る古代人の大人と子供の足あと、いつ見てもキュンとします。

弘南鉄道で行こう！　日本一の田舎編②

さて前回、津軽平野を「日本一の田舎」呼ばわりし、月刊『弘前』編集部に苦情がわんわん殺到するかとひやひやしたが、無論そんなことなどなく、あたり前のように日々は過ぎる。やっぱり桃太郎が背負って歩くノボリにはオンリーワンより日本一が似合うみたいに、何でもいっそ「うちこそ日本一！」と胸張るぐらいじゃないとね。というわけで、旅は続く。

むかしむかし「さだまさしのセイヤング」というラジオ深夜番組があって、日本でどこより田舎はうちだ、みたいな田舎自慢コーナーがあったんだけど、ある日「本日このコーナーも終了となりました。とうとう日本一の田舎が決定したからです。それは」と、さだまさし、一段と大きな声で「青森県の田舎館村《いなかだて》です。もうここに勝てる田舎なんかないよ。だって田舎館だよ、田舎って、もうそれが名前なんだもの。キング・オブ・キング、田舎の中の田舎！」みたいなことを連呼してた。そんな記憶があって、なぜだかずうっとそれを覚えてる。しかし自信が無い。まぼろしかもしれない。不安。誰か知ってる人いませんか？　いたら教えてください。それを縁に、来年の田んぼアートには、ぜひＮＨＫ「今夜も生でさだまさし」を呼んでみたい……

そんな妄想するうちに電車は、尾上高校前、津軽尾上、柏農高校前を過ぎ、平川市に入る。ここはこぎんの恩人、大川亮のふるさと。彼はこの弘南電鉄の大恩人でもあるんだけれど、それはまたいつかコンコンと語りたいものである。話せば一晩はかかる。ともかく、弘南鉄道の故郷でもある平賀駅は他の駅よりずっと立派だ。隣に生協もある。そういえばアップルランドの隣にある平賀の産直もよかった。種類も豊富だし、無農薬とか新種とかいろいろ独特のこだわりがよい。

平賀を過ぎ、舘田、新里、運動公園、弘前東高校前。通学の時間帯は随分にぎわうんだろうな。随分沿線には高校が多い。それから無人駅も多い。例えばそれぞれ小さな産直にして有人駅にしたらどうかな。津軽の駄菓子を売ってもいいし、日本一の田舎・津軽平野米のおにぎり、なんて売ったらどうだろう。岩木山を見ながらほおばるおにぎり、ものすごくおいしそうだ。

終点弘前駅。改札で、ベテラン駅員さんの優しい笑顔に、はいと切符を渡す。小さな旅も終了だ。

終わりは始まり。さ、次は大鰐線に乗らなくちゃ。

（2012．12）

☺「今夜は生でさだまさし、今年の大晦日は青森県の田舎館村から！」実現しないかなー。

ヒロサキ、行きま〜す！

今年も始まる。ひとつ年をとるたび嬉しい。何しろ、知らないことを知る機会がまた増える。今から十五年ほど昔、知ってビックリ・ベスト3の弘前ネタといえば「寺山修司・実は弘前生まれ」と「太宰治・実は弘前大学（旧制弘高）出身」さらに「安彦良和《やすひこよしかず》もなんと弘大生！」の三つだった。

寺山と太宰はだいぶ弘前に認知されてきた。よかったよかった。そこでいよいよ安彦良和である。

知る人ぞ知る、彼こそあの機動戦士ガンダム（もちろん初代）のキャラクターデザイン担当・作画ディレクター。アムロとかシャアの生みの親である。北海道出身で、アニメ、漫画、小説を手掛け、現在は神戸芸術工科大学映像表現学科で客員教授をされている。

安彦氏が在学当時、弘大は学生運動真っ盛りだった。その波に翻弄《ほんろう》され、彼は途中で大学から除籍されてしまう。詩人でドイツ文学者の小笠原茂介氏はその頃のことをよくご存じで、「とても絵のうまい学生がいるって評判だったんだ。誠実な人柄で、本当に彼が辞めることはなかったんだよ。だけど、曲げることより去ることを選んだんだね」と教えてくださった。

人は結局、時代という大きな束縛の中で生きていくしかない。戦争は終わり、学生運動が去り、バブルも消え、平成になってすでに四半世紀が過ぎた。

もうそろそろ、どうだろう。安彦氏に青春の地・弘前に来て頂けないかなあ。できたら吉井酒造とか、博物館とかで原画の展覧会を開き、あわよくば弘大みちのくホールで講演会、おまけにガンダムねぷた出陣…そしたら弘前は人で溢れちゃうぞ、と、ほくそ笑む。

ちなみにアムロはロボットアニメ史上、最もヒーローらしくない主人公だった。戦うことに懐疑的で、臆病で、やたら悩み、つまりヘタレである。あれ？ このヘタレ加減、どこかで見たことがあるぞ。ピュアで潔癖なほど誠実で、傷つきやすい独特の屈折した青春期……そう、これは太宰文学に通じる空気感！

太宰とアムロって、並べるとなんかすごい。強烈インパクトだ。あとはシャアとたか丸くんのコラボかな。どっちも似たようなかぶり物してるしね。ついでに津軽為信《つがるためのぶ》も安彦氏にデザインしてもらい、グッズ化したら格好いいだろうなあ……誰か本当に実現してくれないものかと、相変わらずの他力本願ではある。

（2013．1）

（－－）たか丸「ぼくたち似てますよね」シャア「認めたくないものだな…」

星と灯の浪漫郷《ろまんとぴあ》・相馬

津軽の冬と言えば湯治。特に農家の皆さんは春夏秋と働き通した身体を冬の数日間、湯につけてゆっくり労《いたわ》る。私もいつかは湯治に出掛けたいと思うものの、今は相変わらずの日帰り湯治。とはいえ津軽のあちこちには岩木山の恵みの温泉がたくさん存在している。

さて我らが母なる岩木山の姿を十分堪能しながら湯に浸かるとなると、星の宿の右に出る場所はない。

星の宿ロマントピアが完全復活した。嬉しい！　日帰り入浴お値段も三五〇円。各種割引も使える。清潔でシンプルな浴室。アロマだの電気だの余計な風呂は何にもない。まぁ露天風呂から見える山々全部が設備なんだから、こんな贅沢《ぜいたく》はない。しかも天文台まである。川口淳一郎氏はじめＪＡＸＡ《ジャクサ》職員の皆様の慰安旅行、この相馬こそふさわしい、と力説したくなる。

冬の露天は格別だ。お天気の日は空の青と地の真っ白の間に雪を頂く岩木山、手を合わせたくなる。光の加減でつんとミルクプリンみたいに見える日もある。子供たちは積もりたて純白の雪で雪だるまやウサギを小さく作って並べる。裸のままの雪遊びなんて奇跡だ。颪で雪が吹き込めば、淡雪ならちろちろと湯面間際で湯気にまぎれてすっと消える。固い粒雪はひっきりなしにお湯にダイブ、じゅっと消える。身体ほかほか、首から上だけびょうびょうと颪と雪になぶられる吹雪の日は自分の中の野生の血がざわめく。夜は百沢スキー場の照明が点々と山の稜線に灯る。後は闇。目をこらすと闇にも濃淡があるのがわかる。見上げる月も星も木々もただ美しく、私は温泉に浸かるサルになる。

ここ旧相馬村は平家落人《おちうど》や南朝方の長慶《ちょうけい》天皇伝説が残るミステリアスな隠れ里、癒し里。何百年もの間、誰も分け隔てなく受け入れる、浪漫のある桃源郷だ。

二月には沢田ろうそくまつり。今年こそ行きたい。蝋《ろう》の溶け具合で今年の吉凶を祈るという。この相馬に星やろうそくの灯が似合うのは、日常で失われた本物の闇があるからだろう。弘前城追手門広場の可憐なイルミネーションを見ながら、相馬の山々へと登っていけばすぐにこの自然の闇に呑み込まれる。それは素敵なことだ。闇でこそ微かな光のゆらめきが見える。星や灯の前で私たちは思索するサルになる。このしんとした闇の中で、時を忘れ自然や自分と向き合える。

（２０１３．２）

☺ 秘祭ろうそくまつりを復活させたのはＮくんのお父さんや旧相馬村役場の人たちでした。

MY岩木山

岩木山はパワースポットらしい。ananに林真理子も書いてたし、最近あちこちでよく耳にする。

しかしまあ津軽人にとっては今さら岩木山がパワースポットだとか言われてもそれは「太陽って実は東から登るんだってねえ」ぐらいの常識であろう。

かくいう私も、岩木山神社には初詣や何かの節目にもよく出掛ける。特に神道じゃないし、っていうかここは江戸時代までは寺だったわけで、近くにはキリシタン伝説もあるし、そもそも古代アソベの森には……云々。難しいことはひとまず置いて、ただお岩木山のてっぺんに手を合わせる。それだけで頭は空っぽ、何とも言えない澄んだ気分になる。心にあるソロバンの珠が「ご破算《はさん》で願いましては」みたいに、ざーっと綺麗に揃う。そうしてなんだかほっとする。

同じような理由で、神社の近くのいわき荘・アソベの森にもよく日帰り入浴に行く。それは単に入浴するというより、ちょうど山に抱かれて禊《みそ》ぎする、といった雰囲気で、いつもより少しばかり厳《おごそ》かで特別だ。

たっぷり木を使った広いヒバ風呂。外に出て長い板の廊下を裸でぺたぺた歩いて露天風呂へ。その岩がイイ！　岩肌がお湯に溶かされて、光る鱗《うろこ》状になったり、削れて小さな角になったり、ミクロの世界の奇観あれこれ。大地の底から湧いてきて岩まで溶かすお湯だからして、日頃積もり積もった身心の汚れなんか、じゅわじゅわっと消し流す。まさに岩と木と山のパワー全開。空気のうまさも別格で、森まるごとのエキスが空気に濃密に溶け込んでる。お湯に浸かり、深呼吸して全身エネルギーチャージしながら、やっぱ岩木山がイチバン、なんて思ってしまう。やれやれ。

むかし南部に暮らしていた頃は、山は岩木山、城は弘前城、それが日本一なんて言う父みたいな津軽人には絶対なるまい！　と思ってた。けど、どだい無駄な抵抗だった。朝な夕な岩木山を眺めて暮らし、時にはこうしてお山の懐にやって来る。ここに生まれたり暮らしたり、関わってしまった人間は、どうしたって心にマイ岩木山を持ってしまう。うむ、それで津軽衆同士を喧嘩《けんか》させるには「どこから見た岩木山が一番いいですか」と聞けばいいって言うんだなあ……。

もう会えない人達との大切な思い出さえ黙って預かり、お山は今日もただそこに在り続けてくれている。

（2013．3）

☺ 父の仏前で「山唄」フルバージョン唄ってくれた廣島さん、ありがとうございました。

あたりまえでなくても、

先月一日、弘前中央高校の卒業式が行われた。五十年に一度の校舎建て替えで体育館が使えない。それで今年限定、青森県武道館での開催となった。

駐車場は広いし会場も綺麗。だけど送られる方も送り出す方も本当は三年間ずっと過ごしてきた学舎で式を迎えたかったはずだ。工事で日常から生徒会行事まで様々な制約を受けた悔しさを卒業生が語った。正直だった。そうだね、どんなに悔しかっただろう。もうあと一年先か後だったらって思うよ、誰だって。

人は選べないときがある。どんなに一生懸命生きてきても、どんなにまじめに必死にがんばってきても、ある日突然どうしようもないことに巻き込まれることがある。それはこうした巡り合わせのような時もあるし、病気や怪我、自然災害もある。いじめ、誤解や根も葉もない噂などの人災も。そんな時、その悔しさ無念さを、いったいぜんたいどうしたらいいんだろう。

翌日NHKで会津若松の小学校からの中継を見た。今も自分たちの学校どころか、故郷に戻れずに我慢している子供たちが大勢いる。新しい学校が建つめどもなく、間借りして卒入学式を迎えなくちゃいけない子供たち。それがどんなに悔しいか今の中央生ならきっと他の人達より少し共感できる。自分の力でどうにもならない不条理の世界で、それでも自分にできることを精一杯して生き抜くしかない現実。その中で恨まず憎まず保ち続けるしかなかった悲しみだけが、やがて他人の悲しみに寄り添う力を得る。結局それぐらいなんだけど。でもそれはきっと大切な本当の「学力」だ。

武道館卒業式では在校生や先生方が床を傷つけないよう緑のシートを敷きたくさんの椅子を運び並べ、わざわざ学校のピアノまで持ち込んで卒業生のためにできる精一杯を準備した。伝統の歌、全員の卒業証書、卒業生が「ありがとうございました」と叫ぶ退場（百周年の頃から生徒間で自然発生的に起こった伝統）そして涙。そこにちゃんと弘中央の卒業式があった。

長い伝統があるということはそれだけ厳しい時代をも耐えてきたこと。弘中央は戦中戦後たくさんの疎開者を受け入れた。校庭が野菜畑となり、まともに勉強したくてもできない青春を送った先輩も居た。そしてその先輩方こそが人生を強く逞《たくま》しく切り拓《ひら》き、今も現役で活躍中だ。負けらんないね、卒業生も新入生も。

（２０１３．４）

>< 当時、福島では90%以上の校舎が使用できない状況でした。そのまま閉校した学校も。

五月といえば寺山修司

五月はいい。桜がざざぁっと散り、林檎の花が咲き、野原や道端にタンポポだの菜の花が咲き、地面はまっ黄っ黄ーと若い緑色に染まれば、もう桜満開並みの狂おしさ。雪国人にはたまらない季節だ。

さてここでいきなりミーハー版弘前文学者シリーズ（勝手にシリーズ化していいのか……）五月はやっぱり弘前市紺屋町《こんやまち》生まれの寺山修司だろう。

ん、寺山修司って誰？　と思う人。はい挙手。そうそう……特にバブル世代は案外しらない。昔々寺山修司の大きな死亡記事を見た私も「この人、だれ？」と周囲の人に聞いてみたけど、だーれも知らなかった。私の生育環境にその手の文学好きはいなかった。

じゃあ彼が何者かといえば、こりゃまた今でも説明に困る。見渡せば今年は修司没後三十年。演劇界はもちろんテレビラジオ映画、詩だの俳句や短歌の世界でもちょっとした騒ぎだけど……あの美輪さんのお友達？　タモリが真似してた人？　天井桟敷《てんじょうさじき》だよ、競馬評論家でしょ？　あしたのジョーの歌の作詞した人？力石徹《りきいしとおる》の葬式したよね、みたいなぐちゃぐちゃ認識。あんまりいろんな分野で活躍しすぎるのもどうかと思うよ。入口ありすぎで、全体像がつかめない。

一般的に寺山は詩人とか演劇人といわれる。けどそれ以上に実は国民的には歌人だ。なんでかって、そりゃ教科書の威力だ。特に平成以降の高校国語教科書にはいまや寺山修司の短歌は必須掲載。「マッチ擦《す》るつかのま海に霧ふかし身捨つるほどの祖国はありや」なんかは常連さんだ。そうなると高校生は嫌でも一度は目にする。さらに寺山はなぜか一部の学生にめちゃ受ける。結果的に毎年若いファンが増えてく計算。

その彼の最初の私家集タイトルは「われに五月を」である。さらに寺山は五月四日に亡くなった。昭和十一年五月にお城の西堀の桜の前で撮った寺山の家族写真が残っている弘前は、修司の父と深い縁があり生誕地。だからそのうち紺屋町の消防屯所あたりで五月に俳句短歌大会とか寺山そっくりさんコンテストをやったらいいかもね。ちょうど桜祭りの時期だし。そういえば寺山の演劇って桜祭りのお化け屋敷やサーカス小屋の隣にあって、なんも違和感ない。

ちなみに五月四日は美術家で詩人の村上善男《むらかみよしお》と、寺山の愛した名馬ハイセーコーの忌日でもある。

（2013．5）

さくらまつりにもし天井桟敷館があっても、全く違和感ないですね。

太宰こと津島修治の六月

今年のゴールデンウィークは散々な天気で、遭遇する人ごとに「寒いねえ」とか「観光客には本当に気の毒だねえ」「早く咲かないかねえ」とつぶやきあったものだった。それでも弘前市内はものすごい渋滞。繋《つな》がった車の上を因幡《いなば》の白ウサギみたいにぴょいぴょいと渡っていけそうなほどだった。それから「なに？　ここは渋谷の交差点？」と見まごうほどの土手町スクランブル交差点。人・人・人にしばし呆然《ぼうぜん》と立ちすくむ。あまりの人の多さに思わず写メろうかと思った。

さてとある深夜番組で、今をときめくマツコデラックスが青森県人として思い浮かべた三人が「太宰治」「寺山修司」「ナンシー関」だった。このマツコチョイスの県代表三人のうち、寺山修司と太宰治こと津島修治の二人のシュウジが弘前ゆかりである。特に太宰は旧制弘前高校だった弘前大学に文学碑が建ち、太宰の下宿まなびの家も弘前ペンクラブが指定管理者となって活動を開始した。21世紀弘前観光大使として太宰、大活躍の予感である。桜に負けない効果がある、かも。

五月の連休には太宰下宿で劇団弘演による太宰作品朗読会が行われたのだが予想以上の大盛況だった。私も五日に見に行った。昭和初期風の着物やもんぺ姿の弘演の役者さん達が、階段から、女中部屋、水屋、そして奥座敷から……と、建物のあちこちに立ち現れての立体的な朗読会だった。可憐な少女語りの「雪の夜の話」、しっとり艶《つや》ある女語りの「ヴィヨンの妻」、全篇津軽弁の「雀こ」。太宰の分身のような男語り「裸川」はお笑い義太夫《ぎだゆう》路線で、締めの「津軽」は母のように暖かい「弘前」語り。まさに色とりどりの太宰の語りエッセンスを味わえる贅沢《ぜいたく》な時間だった。

太宰という人はよっぽど芝居好きだったんだろうな、ということが、こうして劇仕立てで語られてみて実によくわかる。太宰がまだ津島修治だった弘高時代、よくこの下宿で仲間を集めては作品の朗読会をしたらしいが、確かに、太宰文学とは劇的体感型なのだ。

六月十九日は太宰が生まれ、そして亡くなったことが確認された日でもある。東京三鷹では桜桃忌、金木では生誕祭が行われる。弘前もぜひ六月は太宰月間として、まなびの家で再び3D体感型朗読を聞けたら楽しい。弘演の皆さんの再演に期待、それにせっかくだし弘大マップレス等の学生諸君もいかが？

（2013．6）

☺ 今では津軽カタリストによる太宰朗読がすっかりまなびの家の名物となっています。

7月は『青い山脈』で

今人気の百人一首漫画『うた恋い。』の番外編を『うた変』という。恋と変の字面で遊んでいるのだが、もとネタは「恋しい恋しい」を「変しい変しい」と間違えた小説『青い山脈』のエピソードだろう。今では「若く明るい～」の歌の方が有名だが、『青い山脈』はそもそも大ヒット新聞小説で五回も映画化され、例の歌はその主題歌だ。作者は石坂洋《いしざかよう》次郎《じろう》で……というと「あの青春スターで『太陽に吠えろ』のボス?」という勘違いもままある。惜しいがそれは石原裕次郎だ。石と次郎が同じで超まぎらわしい。洋次郎原作の映画にたくさん裕次郎が主演した。ああややこしい。

石坂洋次郎は戦後のスーパー売れっ子作家で弘前市代官町生まれ。彼が書いた作品は次々映画化され、吉永小百合はじめキラ星のような青春アイドルスターが次々出演しては超ヒットした。「百万人の作家」という異名を持つ。その人気のせいか『青い山脈』のモデルの山は横手だの大阪の北摂山だの六甲山だのと様々な説がある。またモデルとなった学校も弘前中央高校説や横手の女学校説等がある。どちらも洋次郎が教員として勤めた学校で、当然そこでの経験も小説に活きただろう。だが評論家・尾崎秀樹《ほっき》が指摘したように、最有力は聖愛高校モデル説だ。家族で弘前疎開中の一時期、坂本町の聖愛に洋次郎の娘が通学していた。娘の話を洋次郎が参考にした可能性はある。

昭和22年6月9日の朝日新聞に『青い山脈』を連載開始した時、石坂洋次郎はまだ弘前にいた。家族は東京に先に帰して一人暮らし。国破れ、民主化されて新憲法が発布され、わずか一ヶ月。美しい初夏の岩木山や白神山地を眺めながら洋次郎が筆を執《と》ったとすれば、やはり青い山脈は津軽の山々に違いない。彼は故郷から戦後の希望と自由と恋愛を全国発信したのだ。

ならば7月下旬土用丑の頃に「青い山脈まつり」なんてどうだろう。岩木山にある彼の記念碑を中心にサイクリング、テニス、温泉三昧……ちょうど7月25日は石坂洋次郎の誕生日なのだ。それは戸籍《こせき》上の誕生日で本当は1月25日生まれなのだが、石坂文学は梅雨も明けて山がすっきり青く晴れ渡る7月によく似合う。

それから聖愛18年ぶりの明朗旗《めいろうき》獲得を祝し『青い山脈』モデル＝聖愛説はぜひ推したい。なにしろ聖愛の校章にはくっきりと青い山々が描かれているのだ。

（2013．7）

😄 この年の聖愛高校は明朗旗を獲得、甲子園も初出場と、りんごっこ旋風を巻き起こした。

八月の亀甲町の本の古武士

昔、と言っても八〇年代後半頃の話である。

学校帰り、自転車で私はよく弘前公園の東堀沿いの坂道を選んだ。ペダルをこぐ足を止めて坂を下り、左へぎゅっと曲がった瞬間、突然ぬっと姿を現す大きな岩木山を見るのが好きだった。

夏の夕暮れは時折そのあたりをカランカラン下駄《げた》をならして浴衣姿で散歩する背の高い黒眼鏡のおじさんに出くわすことがあった。少し時代を間違えたような威風堂々《いふうどうどう》としたその人の歩き姿。彼が北門周辺の景色に加わると、そこだけ空気が古色蒼然《こしょくそうぜん》としてぐっと濃く締まり、ぴんと清浄になる気がしたものだ。

十数年後、それが亀甲町の津軽書房の名物編集者、高橋彰一《たかはししょういち》だったと知って驚くのだけれど、何も知らなかった高校生の私はその雰囲気だけで「あの人はきっと津軽武士の子孫なんだろうな」と勝手に決めていた。

いま長部日出雄《おさべひでお》の直木賞受賞40年記念展が弘前市立郷土文学館で開かれている。長部は昭和48年に津軽書房から出版した初の短編集『津軽世去《よさ》れ節』所収の作品「津軽世去れ節」

「津軽じょんから節」で第69回直木賞を受賞した。「直木賞のすべて」というブログによると、当時文壇通の吉行淳之介でも長部の本は「受賞の値打ち十分とおもったが、しかしそれが実現するとは考えていなかった。なぜなら、直木賞の場合、はじめての候補作品が受賞するという例は、あまり無いからだ。競馬でいえば、穴馬というところか」と書いているぐらい。初の創作集、しかも版元が地方の出版社となると直木賞なんて夢のまた夢、問題外という時代だった。それがなんと審査員ほぼ満票で直木賞受賞となったのだ。この受賞は津軽書房の大手柄でもあった。

それから40年、世は電子書籍の時代に突入した。だがこの弘前の町にはまだまだ本がよく似合う。八月は北国とは思えない暑さを避けて、書店や図書館やカフェ等でゆったり本や雑誌のページをめくる弘前人たちの姿を見かける。私もまだ紙派だ。たまに手に取る古い津軽書房の本は、製本が丈夫で気品があり、活字もしっかりしている。本を手にした時の重み、ページをぱらりとめくるその感触が、日常とは違う濃密な時間へと誘う。ふと亀《かめ》甲町《のこうまち》を散策する彼の姿が蘇る。

その高橋彰一は八月三一日生まれ。本の武士はロマンチストの乙女座だったんだなあ。

（2013．8）

月刊「弘前」は1979年、津軽書房の高橋彰一が51歳の時に創刊しました。

祝弘高ねぷた50年・後の祭りの9月

この夏、とうとう弘前高校ねぷた中止という噂が飛び交った。交通規制関係らしいと。危機は何度もあったがまさか……弘前高校からねぷたを取ったら髭《ひげ》のない津軽為信、四次元ポケットのないドラえもんじゃないか。こわいこわい。昔H戸高校の校長が「弘高さんがねぷたやってる間はうちは負けません」と豪語したのに激怒した弘高生。ねぷたをやめるどころか「何言っちゅんずや、見でろ!」と堂々運行、その年H戸高に進学率でも勝利したというプチ武勇伝もある。

7月17日の運行日、残念ながら学校ではなく桜大通りからの出陣となった。運行できただけ有り難いが……。夕方から桜大通り、中央通りや土手町には人人人。駐車場の車の台数から見ても結構な経済効果だ。

ねぷたの出来映えはクラスごとにさまざま。一週間で学生の手作り感溢れる青春風味が何とも言えず好《い》い。創立百三十年ねぷたも繰り出す立派な運行だった。最後は雨になったが、先頭を歩いていた袴《はかま》姿の校長先生が一番町の坂の下で足を止め、全てのねぷたと浴衣の生徒たちを笑顔でじっと見つめていた姿は印象的だった。黙々と交通整理してくださっている弘前警察署の方々にも自然と頭が下がる。翌日桜大通り周辺では生徒達が丁寧《ていねい》にゴミ拾いする姿もあった。

弘高ねぷたはそもそも戦後昭和28年に創立七十周年を記念して10月1日の前夜祭に運行したのが始まりだ。当時の須郷校長は前期試験の終わった9月25日、文化局長の生徒を呼び、突然ねぷた運行計画を伝える。驚喜した生徒達。扇ねぷた一台と80個の灯籠を一週間足らずで完成させた。応援歌を高唱しながらの堂々たる運行は弘前市民の喝采を浴びた、と記録にある。

ということは今年はなんと弘高ねぷた運行50年記念運行だったのだ！　たかが一つの高校のねぷた運行を弘前の街の方々は実に半世紀もの間暖かく受け入れ続けてくれたということになる。学生の時には気づかなかった。こんなに多くの人達に支えられ、見守られ、助けられ、許された上に自分たちの自由があったなんて。その恩返しは後輩に……それが伝統なのだろう。

養生幼稚園のかわいいヤーヤドーに始まり、弘高ねぷたが街を温め、そうしていよいよ本番の熱いねぷたの季節へ、というのがずっと弘前という街の夏のダイアリーならばいい、と思う秋である。

（2013．9）

この文章には大きな誤りがあります。どこでしょう（答えは31回を参照）

方言詩人の町・弘前の10月

NHK連続TV小説「あまちゃん」が終わってしまった。が、じぇじぇじぇのアキちゃんは全国の方言認識を一変させてしまった。大阪弁に負けないぐらい東北弁って「格好《かっけ》えー」ってわけで、明治以来の日本語の根幹を揺るがしかねない勢いである。

でも方言王国といえば我らが津軽。これは譲れない。ご当地アイドルの先駆けだって「りんご娘」だし、新春のテレ朝の第一回「全国なまりうたトーナメント」でも津軽弁が見事優勝。津軽弁のテンションや空気感はあまりに強烈で他の方言を圧倒する濃さ。何しろ津軽方言ブームの歴史はとっても長くて深いのだ。

「地方主義の作家はその地方語をもつて創作することを主張するものである」

「赤子の時より精神に刻みつけられたる言語を離れて、魂に真実に響く文学的活動はない筈である」

これは宮藤官九郎《くどうかんくろう》のコメントじゃなく、弘前出身の詩人・福士幸次郎《ふくしこうじろう》が書いた津軽弁の詩『百姓女《ジャゴオナゴ》の酔つぱらひ』の断り書き。大正15年発表だから、今から87年前のことだ。福士は「地方主義の行動宣言」を書き、要するに詩でも小説でも演劇でも地元の言葉で書こうじゃないか、と言い始めたとんでもない人だ。

福士に勧められ、その理想を方言詩で見事に実践したのが高木恭造《たかぎきょうぞう》や一戸謙三たち。彼らのおかげで津軽はやっぱり方言文化のトップランナーなんである。今年も10月23日・津軽弁の日がくるけれど、これは高木の一周忌に牧良介らが制定したもの。高木の方言詩集『まるめろ』は翻訳され、今も世界で読まれている。一戸謙三はというと、なんと光村図書の中学二年の教科書に方言詩「麗日《オデンキ》」が掲載されているんだからたいしたもんだ。

ちなみに一戸の命日は10月1日、福士は11日。高木の誕生日は12日。弘前市博物館の側に福士の碑「胸にひそむ火の叫びを雪降らさう」が、馬喰町のまるめろ緑地には高木恭造の「冬の月」詩碑が、藤田記念庭園の正面には一戸の「弘前」の詩碑がそれぞれ建っている。碑を巡りつつ、彼等を偲んで津軽方言詩を口ずさみながら、からりと晴れた10月の弘前の町を散策するのも、さっぱどすびょん。

「お岩木山《ユワキサマ》ね守らェで／お城の周りサ展《フロ》がる／此のあづましいおらの街《マヅ》」

（一戸謙三「弘前《シロサギ》」）

（2013．10）

「さっぱどすびょん（津軽語）」＝現代語訳「気持が晴れやかになるだろう」

祝弘高ねぷた60年①誕生秘話

9月号に「弘前高校ねぷた50年」とうっかり書いたところ「60年でしょう」という声を多数頂戴しました。なんぼなんでも10年もサバ読むなんて。弘前高校関係者、同窓生の皆様申し訳ありません。紙面を借りて訂正し深くお詫びいたします。ご指摘に感謝します。

また、初のねぷた運行日についても、10月1日ではなく6日の間違いではないかというご質問がありましたので、私の参照した昭和58年10月6日発行の『鏡ヶ丘百年史』の374頁をご紹介します。そこには竹森節堂《たけもりせつどう》の絵・高山松堂の書の記念ねぷた見送り絵の写真とともに、七十周年記念行事日程が詳しく記されています。

十月一日（木）前夜祭（ねぷた運行）

二日（金）校内総合体育大会決勝

三日（土）津軽地区高校バレーボール大会、津軽地区高校柔道大会

四日（日）大運動会、演劇発表会（在校生、ＯＢによる）

五日（月）県下高校弁論大会

六日（火）記念式典（慰霊祭、記念式、祝賀会）

七日（水）中弘南中学校理科研究発表会、英語劇、音楽発表会

おいおい君たちはいつ勉強するんだい、と、つっこみ入れたくなるような、他校を巻き込んでのおめでたムード一色の一週間、うらやましいですね。これによると記念式典は6日、ねぷたは前夜祭の1日です。

今から60年前の昭和28年9月25日、弘高では前期試験終了直後、校長室に一人の生徒が呼ばれます。文化局長の木村義昭君、そう、後の小野印刷木村会長です。須郷侊太郎校長（第18代）はずっと以前から「旧制弘高のまねではない独自のものを、と考え、ねぷた運行の構想を持っていた」とか。木村君はそこで初めて須郷校長からねぷた運行計画を伝えられ感激してすぐに仲間と猛然と製作を開始、代官町の近藤商店からねぷた枠を借り一週間足らずで親ねぷた一台と80個の灯籠を完成させます。そして創立七十周年記念式典前夜祭の10月1日、袴姿の応援団幹部と制服制帽姿の一般生徒らが応援歌等を高らかに唄いながら整然と市内を練り歩く壮観なねぷた運行は、弘前市民の熱烈な喝采を浴びました。これが弘高ねぷた初運行です。では一首。

七十年記念になるねと始めたの十月一日ねぷた記念日

（２０１３．11）

祝弘高ねぷた60年②平和の灯

よく弘前高校だけねぷた運行してずるい、特別扱いだという声も聞く。でもあれを他校でやったら単なる模倣。それより各校独自の伝統行事や文化祭の活躍を弘高ねぷたのようにもっと市民に観てもらえたらいい。弘中央のマスゲーム、弘実のファッションショーやマーチング、東奥義塾や聖愛のクリスマス等々。他にも各高の文化祭を勝ち抜いた代表によるクラスダンス選手権ＩＮ蓬莱橋とか、時代行列参加とか、この少子化時代、高校生パワーと市がタイアップして市民や観光客に公開できたら絶対街ごと盛り上がるね。

さて新制弘前高校が発足したのは昭和23年。敗戦後の混乱で衣食住の全てに事欠く時代。学生服も教科書も弁当持参さえままならず。だが授業の質は高く輝かしい未来を拓《ひら》こうという熱意と希望に満ち、バンカラと民主主義が奇妙な調和を保ちながら同居していた弘高。その総決算が創立七十年記念事業だった。

つまり弘前高校にとってねぷたとは60年前に制定された鵬《おおとり》の校章や「青雲《アオグモ》高く」の校歌と同時に誕生した新制弘高スピリッツの象徴なのだ。さらに鎮魂の灯籠でもある。昭和28

年の七十周年記念式典の前には物故者慰霊祭が行われている。戦争の徴兵や学徒動員で尊い命を落とした教師や生徒、卒業生たち。生き残った者たちは彼等を喪った悲しみから立ち上がり、前進するシンボルが必要だった。それが弘高ねぷただったのではないか。弘前のねぷたは俗に出陣を表現しているといわれるが、学生たちの手によるねぷたの灯こそ、やっと訪れた平和の象徴だったはずだ。そしてそれは戦後の弘前市民をどんなに勇気づけただろう。

さて弘高創立百三十年記念式典は去る10月5日、同校体育館で挙行された。記念講演は昭和45年卒の千葉貴司氏。土手町や蓬莱橋広場、弘前駅など弘前の街の顔を手がけ、浅草のまちづくりを経て現在はなんとモンゴルのニュータウン建設に携わる都市デザイナーだ。「北斗の黙示」こそ自分の人生の軸だと語る彼は、なんと浅草で東京鏡ヶ丘同窓会によるねぷた運行を実現。もしやモンゴルで運行される日も来る？

なのに本家本元の弘前で弘高ねぷた運行禁止では情けない。伝統の学校出発でずっと平和の象徴として運行して欲しいなぁと、……あれ、どうもこれは木村会長や阿部次男先生たちに書かされてる気が……（ま、いっか。）

（2013．12）

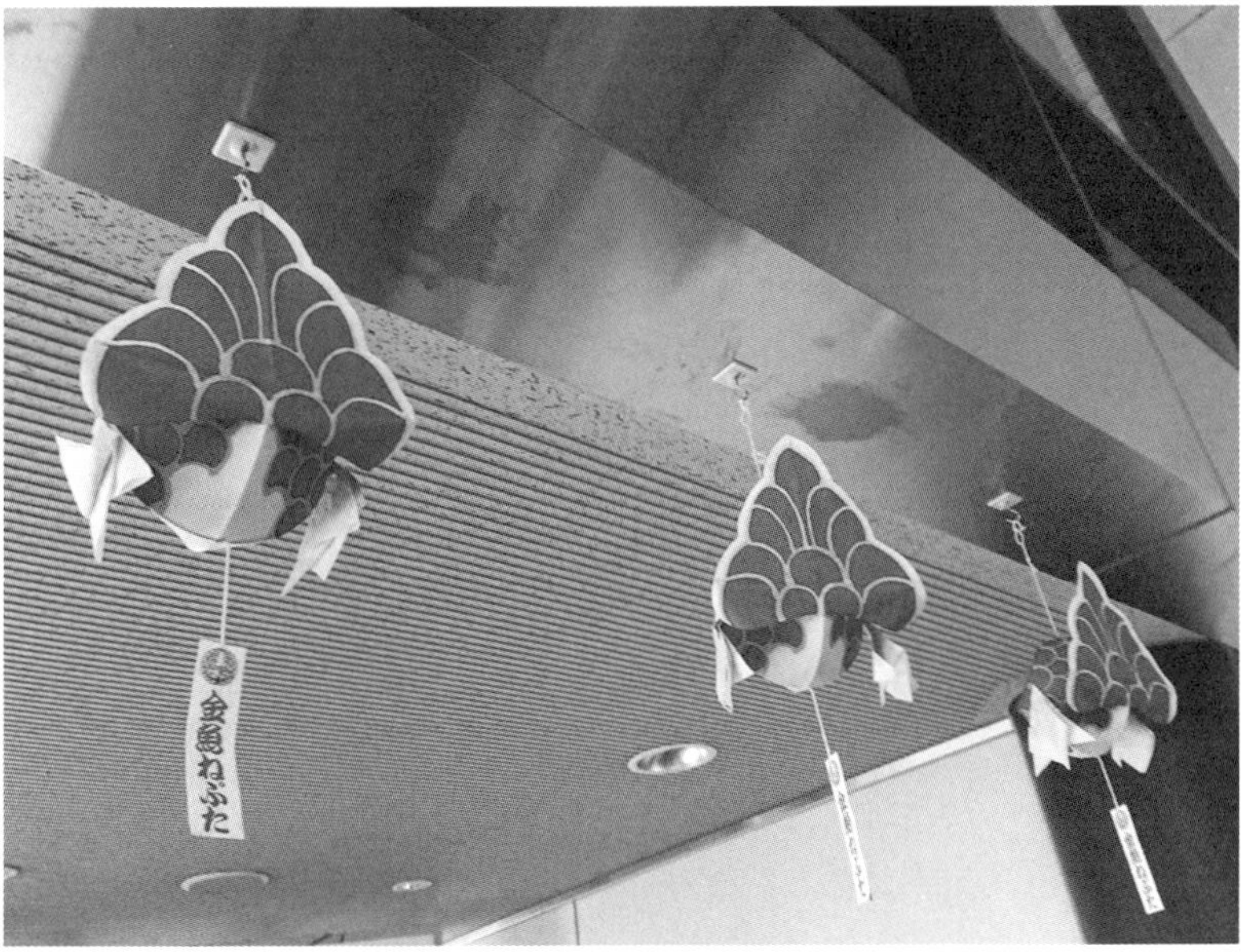
金魚ねぶた

「そして親戚になる」正月

正月といえば昔は本当にたくさん親戚が集まった。田舎の祖父母の家には誰が誰だかわからないほど集まって津軽弁の飛び交う賑《にぎ》やかな食卓に山ほどのおじさんおばさんやいとこ……お年玉もたくさんもらった。この人達みんなとどっかで血や縁が繋がっていると思うと妙に心強かったものだ。核家族化し兄弟も少なくなった今ではそんな光景もあまり見かけなくなった。

さて、それは毎年一月二日の午後、と決まっている。

高校時代の部活の恩師宅に、ぞろぞろわらわら皆で集まるようになったのはいつからだったか。少数精鋭の部活バカ……いやいや超部活熱心だった我々は、まずは部活の思い出を伝説のごとく語り、それから大好きな先生に近況報告をして、ようやく安心して新年を迎えられるというわけだ。最初はまだ学生で初詣を五重塔で済ませ、ちょっとは遠慮がちにお菓子なんかを持って「大学は……」とか「就職は……」なんという可愛らしい話をしていたものが、だんだんいい大人が手に手に各地の銘酒の一升瓶をぶらぶらさげて、そのうち配偶者や子供まで連れて集まるようになったものだから大変である。きっと恩師ご夫妻にしてみれば私たちは新春早々飛来する飢えたイナゴの群れだろう。全てを食い尽くし、飲み尽くし、しゃべり尽くして去って行く。用意された豪華な津軽の正月料理、煮なますや煮しめ、黒豆やきんとんやオシャレな洋風おせちなんかを食べ、楽しく酔っ払いながら「毎年毎年押しかけて申し訳ないなあ。ああいつかこんな風におもてなししたいものだなあ」などど皆が心に思い描いてきたものの、そのいつかはずうっと来ないまま、相変わらず飲み食いする側に徹している姿はもはや潔くさえある。近年二次会は部員の某歯科医宅。彼女がかいがいしく接待してくれるのをいいことに夜遅くまで居座って騒ぐ姿、すっかり恩師宅の二の舞である。

胎児の頃から参加している子供たち。物心つくと大勢の酔ったおじさんおばさんに囲まれ、お年玉をもらったり子供同士で騒ぐ様子はほぼ昔の田舎の親戚の正月そっくりだ。福山雅治の「そして父になる」ではないが、もうこうなりゃ血の繋がりを超えた親戚。ひとえにこの楽しい時間を支え続けたのは気さくで愉快な奥様の笑顔と超絶品料理のおかげと、心得て、食べ続け、もうじきなんと三〇年……いや、恐縮です。

（2014．1）

今年の正月はリモート飲みで意地でも実施。竹さん、来年もやりますよ。

立春と立志

暦の上では春……って言われてもねえ、と窓の外を見てうーんと唸る。古今和歌集にはすでに「春霞《はるがすみ》 立てるやいづこ みよしのの 吉野の山に 雪はふりつつ」（立春っていうけど春霞が立ってる所ってどこ?今ここ吉野の山じゃ雪がまだまだ降り続いてる）という歌もある。京都人でさえ「春? 何それ、全然ぴんと来なーい」というのに、ましてここ津軽なんか風はびょうびょう雪はのさのさ。冬のどん底だ。

立春といえば、昭和41年2月5日に常磐《ときわ》村（現藤崎町）明徳中学校で初の「立志式」が挙行されている。現在この式をする学校数々あれど、明徳中は三戸町立杉沢中学校と並び青森県内最初の実施校である。

「吾十有五にして学に志す」という孔子の言葉に拠《よ》り、昔日本でも数え十五歳で一人前となる元服式をした。それが由来らしい。調べてみると昭和38年に日本児童文学者協会が「十四歳立春式」を提唱、それが立志式と名前を変えて全国に広まったともある。明徳中は全国的にも早い段階でそれを取り入れたのだろう。

「春は立春に始まる。中学二年生は少年期から青年期にあたる大切な年代で在り、人生の節を四季になぞらえると春にあたる。この希望の春に、自分の将来の姿を展望し、自らの志を立てること、これが立志の日である」と、当時立志式を計画した鹿内平助校長は式辞で述べたという。ちなみにその時の記念講演は弘高の小田桐孫一校長。以来半世紀近く続く伝統行事である。

さて明徳中の第48回立志式は昨年11月に実施された。入学式か卒業式並みに厳粛な雰囲気の中、二学年生徒57名が壇上に上り、一人一人堂々と自分の志を述べ、その後に全員で美しいハーモニーの合唱を会場いっぱいに響き渡らせた。確かに人生、先のことなどわからない。それでもこの年齢でこうして自分の行く先をまじめに考え、大勢の前で胸張って宣言するなんてたいした体験だ。志はまさに十人十色、どれも素敵。澄んだ声で「人の役に立ちたい」という子が多くてどきどきした。これを聞いたらどんな大人も心に積もった世俗の垢《あか》がざぶざぶ洗い流され「その志叶うといいよね」とか「この世も捨てたもんじゃないなあ」と、あったかい希望が胸にぽっと灯る。そんな式だった。

中二の子がいる家は豆まきの翌日に立志式してみるのもいいかも。なんてったって人生の立春だものね。

（2014．2）

☹ 震災以後、子どもたちの夢や願いごとが「看護師」「消防士」などが増えてずいぶん変わった気がしていました。

卒業生を送る会と久藤達郎

ちょっと昔、青森県のどこの高校でも予餞会《よせんかい》というものがあった。卒業生のために在校生があの手この手で祝うお別れ会だ。しんと厳《おごそ》かな卒業式の前に、無礼講《ぶれいこう》の大騒ぎで卒業を盛り上げる。

でもだんだん送る方も送られる方も、どっちもめんどくさくなってきて、特にセンター試験が導入された頃から、がんばれ進学それいけ大学みたいな高校では「大事な時期にそんな呑気《のんき》なことやってらんない、だいたいそんなクソ寒い時期に体育館に集めて風邪でもひかせたら……」と、県内ほとんどの高校でそんな馬鹿げた行事とっくにやめてしまった。

なのにいまだに続けている高校が弘前にある。公園の隣の高校だ。どんなに吹雪いても生徒は「三年生を送る会」を卒業式より楽しみにニコニコ登校してくる。在校生は転勤した先生方からのビデオレターまで撮ってきて、ここぞとばかりに楽器は吹くわ弾くわダンス踊るわ歌うわチアするわ演劇するわで文化祭並みの賑《にぎ》わい。そしてメインイベントは三年生を受け持った先生方による出し物。日頃厳しく品位ある先生方がこの日ばかりは、歌ったり手品したりヒゲダンスしたり芝居したり漫才したり女装したりと、卒業生のために出血大サービス。人生まじめも休み休みやれ、楽しむ時に楽しまないと馬鹿になるよっ、という大事な教訓を見事に体現するかのように、必死に演じてくれる。「そそそんなことできませんっ」なんて言ってた先生に限って、本番では誰より一生懸命はじけてくれたりする。これまであんなに毎日頑張ってきた生徒たちの喜ぶ顔が見たい、笑わせたい、笑顔で卒業させたいという因果な教師の本能が疼《うず》くんだろうな。見ている生徒も嬉しくて笑ったらいいのか泣いたらいいのか、わかんなくなる。泣き笑いでも、笑う門には福来たるだ。

だいぶ昔、工藤という国語の名物教師が弘前高女、今の弘中央にいた。筆名を久藤達郎《くどうたつろう》。名の知れた脚本家で、全国公開の映画や芝居を手懸けた。その彼が、戦後、予餞会で先生方の出し物を発案・演出してたということを最近知った。戦争が終わったばかりの混乱期、ものは乏しくても、新しい時代に漕《こ》ぎ出す女生徒たちに、自由で新しく豊かな風を送ろうとしていたのかもしれない。久藤達郎先生は今年生誕百年。今も、かのよき伝統が続いているなんて、こりゃめでたい。

（2014．3）

😁工藤達郎先生、弘中央に俳句会の勧誘にきた青高の寺山修司を玄関で追い返したという武勇伝が。

弘前に机が欲しい

弘前は学生の街。すごく新陳代謝がいい。この時期、あっちこっちから新入学生がわらわら集まってきて、街中がそわそわと勢いづいてくる。

そうなると毎年思う。ああ、弘前に机が欲しい。

例えばネットを見ると「弘前で試験勉強できる場所ありますか？　資格試験の勉強がしたいんです」とか「仕事で弘前に行くが、空き時間に本を読んで過ごせる場所はないか？」という質問が投稿されている。うーん、どこがいいかな。もちろん弘前図書館はオススメだが二階の机は倍率が高い。特に長期休みとなると争奪戦。朝から場所取りのため列をなす学生の姿を見て「あ、無理」と諦めたこと数度。それに図書館は飲食禁止なのがネックだ。男女共同参画センターとかまちなか情報センターもあるけど、時間によって学生グループに占拠される確率が高い。がやがや何してるんだか、と思って見れば、津軽弁を駆使して何かの過去問を解き合ったりしている。うーむ偉いぞ。そっと退却。このように地元民の中にも自習空間や読書空間を探して市内をウロウロさまよう者は案外多い。

ああ、弘前に珈琲飲みながらゆっくり読んだり書いたりできる机があればなあ……大人なんだから居心地のいいカフェでも見つければいいんだろうけど、大型施設でだだっ広い空きスペースを見るたび「うわ、もったいない、ここに机あればな」とつい妄想してしまう。大人でさえ思うんだから遠距離通学の学生なんかなおさらだろう。列車やバス待ちの間に宿題をちゃっちゃとやってしまえる場所があればどんなにいいか。冬は暖房、夏はクーラー、あずましく学べて、しかも駅が近いとなれば……中央弘前駅前のルネス二階、弘前駅前のアプリーズ四階、そしてヒロロなんか最高だ。

ちなみにヒロロ・ゲームセンター不要論は学生からも聞く。駅前には他にもゲーセンはある。無いのは静かに学べるスペースだ。いい感じの音楽がそっと流れ、老いも若きも軽く飲食しながら勉強したり本を読んだりパソコンしたり、あるいは旅人が観光パンフや太宰の本をじっくり読んだりできる、そんなフリー空間があればいいなあ……図書館カフェだの読書カフェ、レンタル自習室なるものが全国的にたいそう流行っている今日この頃、そんな空間が弘前の駅前にあったら、学園都市ぶりも、ぐぐっと増すかも知れないね。

（2014．4）

このあとヒロロの3Fに机コーナーが、今は2Fに本の読めるスタバができました！

ありがとう、弘仁会売店。

弘前大学病院。赤ん坊時代からの馴染《なじ》みの場所だ。行けば必ず売店に寄る。子供の頃は診察が無事に終われば折り紙やお菓子を買ってもらったものだ。店員さんが笑顔で丁寧に渡してくれる紙袋には「弘仁会」とハンコが押してあった。「弘」は弘前の弘？ この「仁」って何だ……変な名前の店、と幼い私は思った。

幾度か入院もした。治療のためとはいえ毎日飲みたくない薬を飲み、されたくない注射をされ、トイレで排泄するのさえ管理される生活の中で、売店に行く時だけは自由だった。食べ物飲み物、生活用品、本、文房具、おもちゃ、衣類、花……患者や見舞い客が必要とするあらゆるものが並び、外の風を感じることのできる場所。かゆいところに手が届く細やかさとユーモアとで入荷する新商品も楽しかった。名物は「石田パン」。もたもたしているると売り切れてしまう。何の変哲も無いあんぱんやロールパンなのに食べると内側から癒やされるアナログな美味しさ。素材を生かした素朴で真っ正直な味は弱った体や心にしみた。

レジの店員さんたちの挨拶《あいさつ》もそうだ。

はい、いらっしゃいませ。ありがとうございます。

当たり前の挨拶なのに外の店とは何かが違う。スカーッと明るく、押しつけがましくなく、優しく響き、自然と元気づけられる。患者、家族、見舞いの人、職員……みんなに笑顔で平等にかけられる温かい声。自然と人が集まる売店は確かに病院のオアシスだった。

この三月から、見舞いのために時折、大学病院に足を運んだ。三月末になると少しずつ売店の商品が乏しくなっていった。棚卸しでもするのかな、消費税上がるもんね、ぐらいに思っていたら、四月一日、突然壁に一枚の紙が貼られた。閉店するという。

「昭和25年以来63年間、皆様の長年にわたるご厚誼《こうぎ》に心より御礼申し上げます」エープリルフールの悪い冗談かと疑ったが、ガンガンゴンゴン工事が始まってしまった。六月にはここにローソンができるという。

高校の頃「仁」の本当の意味を知ったとき自然と思い浮かんだのは弘仁会売店の光景だった。さよなら売店。ずっと長い間ありがとう。すごく寂しい。

でも売店はいまも食堂隣で仮店舗営業中だ。毎日患者は押し寄せ、需要に応えるべく品揃えは日々増えて、石田パンも店員さんの笑顔もまだまだ健在である。（2014．5）

☺「仁」とは人を思いやる心、と教科書で習いました。孔子が大事にした言葉です。

前川國男の初恋、木村産研

連休最終日、ソメイヨシノはすっかり緑になり、林檎の花咲く頃、木村産業研究所へ行った。「前川國男の建物を大切にする会」の葛西ひろみさんに会うために。彼女が話し出すと、空間に色やリズムや味が生まれ、聞いても聞いてももっと聞きたくなる、そんな楽しい時間が続いた。窓辺の小さなガラス花瓶には春の小さな花が揺れ、遠くからジャズが静かに流れてくる。

かつて弘前の在府町は黒塀の続く閑静な場所だった。昭和七年、そこに真っ白で四角い建物が忽然《こつぜん》と現れる。木村産業研究所だ。その衝撃、田舎の小学校に転校してきた金髪美少女みたいなものだったろう。

だがやがて凍害のせいでバルコニーは干《ほ》し餅《もち》のように崩れ、フラット屋根は雪解け水のせいで雨漏り状態。見るも無惨な姿となった。取り壊されてもおかしくないのに「これは前川國男という偉い建築家の建物だから」と、木村産研の人達たちは柵を作ったり屋根をかけるなど必死に保護し、どうにか建物の命を長らえた。前川もこの凍害にはひどく心を痛め、生涯その苦い思いを忘れず、後の教訓にしたという。

伺いながら、そうかこの建物は前川の初恋の人なんだな、と思った。彼は若い日の情熱と理想をすべてつぎ込んで建てた。初恋はたいがいうまくは行かなくて苦い。でもそこに大人の打算はない。ただ純粋にその人の本質が出る。年がたつほど思い出す初恋には、相手に鏡のように若い日の自分が映っていたりする。

かのブルーノタウトもたまげたこの「コルビジェ風の建物」のモダンさと愛らしさは八〇年以上経った今でも古びず残され、昨年市民の寄付でバルコニーが復活したのも奇跡的だ。ケガしていた鼻が見事に治り、さらに美人になった建物。今では昔のようにバルコニーが来る人を迎える形で明るく張り出している。だが背中にはまだ茶色の屋根を背負ったままだ。前川の弟子・仲邑孔一氏製作の精密で可愛い模型を指さしながら、葛西さんは「本当に素敵な建物だよね。屋根がフラットだった最初の姿、見てみたいな。いつかこの屋根も修理できたらいいのに……」と笑った。確かに前川の「初恋」の本当の姿、見てみたい。

見学の旅人が感心しながら「戦前のこんなモダンな建物が残っているなんて、空襲が無かった弘前って、すごくいい街ですね」と言って、去った。

（２０１４．６）

☺ ブルーノタウトは大川亮に会いに来て、翌日に平川市大光寺に行きました。

藤崎と弘前のあいだ～弘前桜街道～

弘前ペンクラブニュースにある「私の好きな風景」コーナー、次号を高瀬朋子さんに依頼した。彼女は青森から弘前に来る途中、7号線を曲がると見える岩木山の風景を書いてくれた。文に添える写真に「藤崎から弘前に入ってまもなく、キャノンのあたりに曲がる」あたりを撮って欲しいと頼まれ、ぴんときた。はいはいはい。7号線バイパスのあの藤崎から弘前まで行く途中ね。藤崎に住んで二〇年近いが、朝な夕なに通るあの道の桜並木と田んぼと岩木山の絶妙コラボ、「いいね」ボタンも押しまくりの四季の美しさである。

桜は市内で真っ先に咲き始める。公園が満開の頃にはもう散り出し、両側から吹きつけ舞い上がる豪快な花吹雪の中を車で走り抜ける瞬間のあの快感！　若葉の頃の水田に映る逆さ岩木もいい。今頃だとモリモリ茂る木々と青田と夏色の山、実にさわやかだ。

弘前に車で来る観光客にとってこんな素敵なウエルカムロードもあるまい。実は三六六本もの桜が植えられているという。これはもう立派な観光名所だろう。

それなのにその場所をいちいち「ほら、あの藤崎から弘前に行く途中の、バイパスの、桜がたくさんある道路……」と言わなくちゃいけない。寿限無じゃあるまいし。よし、ここは思い切って愛称をつけよう。

ちなみに日本の道百選の十和田官公庁通りは桜が一五六本、古松が一六五本あり、通称「駒街道」という。

それじゃあこっちは「弘前桜街道」、だな。別に藤崎と弘前のサキを重ねて「咲き咲きロード」でもいいんだけど、とにかく愛称があると便利だ。「弘前桜街道が満開です」とか「咲き咲きロード沿いでは田植えも済み、逆さ岩木が美しいです」なんて実況中継できる。

これで弘前の桜前線は、弘前桜街道→弘前公園外堀→内堀→西堀→弘前西バイパス→岩木山桜林公園→岩木山ネックレスロード、と完璧に進む。うむ、これなら弘前城の桜が早くても遅くても、例え石垣を修理していても、約1ヶ月間は桜で観光客にアピールできるじゃん、と、鬼も笑う話を想像してニヤニヤする。

ちなみに昔ここは片側一車線道路だった。道路拡張工事の時、ふつう木は工事の邪魔だから切るのに、わざわざ片側の桜をそのまま中央分離帯にし、対向車線を二車線つくってもう一列桜を植えたらしい。そういう手間暇かけて桜を守るところ、実に弘前らしい。

（2014．7）

😁 その後この道は、地名「津賀野」にちなんで「つかの桜街道」と命名されました。

私の生まれた場所

(2014年7月号特集掲載)

私にとって、弘前は特別な町だ。

父の転勤で私たち家族はずいぶんあちこちの町を転々とした。懐かしさの詰まったかけがえのない記憶のカケラは、県内七つの町に、ちょうどドラゴンボールみたいに散在している。もう少し年をとったら順番に町を巡って集めてみようかな。玉が全部そろったら何でも願いを叶えてくれるという神龍が本当に現れるかも。そうだったら楽しい。何を願おう。

しかし七つの町のうち、この弘前にぎゅっと詰め込まれているものは、他とは比較しようもないほど濃く苦く甘い。玉を並べて神龍を呼び出す場所は、やっぱり公園の本丸で岩木山を眺めながら、だろうな。

弘前が他の町よりちょっとだけ特別なのは、たぶんここで過ごしたのが高校、大学時代という、人生でもっともややこしい年頃だったせいもある。その頃の私はといえば昼間はひたすら下手な弓を引き、夜は夢中で書いていた。

書くのはそもそも小学生の時から苦ではなかった。青森県では当時、つづり方教育が盛んだったのだろう、先生方は作文を書かせては応募してくれた。運良く入賞するたび、将来は小説家になればいいよ、と褒める人もいれば、どうもお前の書く作文は嫌いだ、癖も強いし子供らしくない、という人もいた。自分は自分の文章をあまり好きではなかった。書くときは夢中で書くが、恥ずかしくて読み返せない。その頃は家で日記も書かなかった。どんなことを書けばいいかわからなかった。

高校になると、ぱったり文章を褒められなくなった。そりゃそうだろう、と妙に納得した。もっと格調高い立派な文章や、ユーモアたっぷりの面白い文章を長々と書ける同級生がうようよいたのだ。でも誰かの評価とか上手下手とか関係なしに、私はある日突然書き始めた。日記のような、詩のような、出せないままの手紙のような、哲学や物語のような、ぐしゃぐしゃの、心に浮かぶ勝手気ままな、どうでもいいようなことを、バカみたいに毎日毎日書きまくった。書かずにはいられなかった。

その膨大な言葉の書きクズを誰かに読ませたことは一度もない。この先も絶対ない。いまも静かに眠り続けるおびただしい数の古い大学ノート。そんなもん、さっさと燃やしてしまえばいいのに、まだできない。いつか必ず捨てるつもりで、封印したまま胸にある。

ことばは、別に人に何かを伝えるための手段とは限らないのだ、と、その時私は初めて知った。勝手にわき上がり生まれ、誰にも伝えず、行き場もなく、消えていくだけのことば。たぶん私は私と折り合いをつけるためだけに、黙々と書き続けていた。

そういうわけで、弘前は「私」の「生まれた」場所である。

今なら誰でもどこにいても、ネットに書き込めば簡単に世界中の多くの人と繋がることができる。でも肝心の自分自身と繋がることがかえってなんだか難しそうだ。私自身ブログにも何度かトライしたけれど、どれもすぐやめてしまった。人に勧められたフェイスブックも無手入れ、放置状態の草ボウボウ。こんな自分に折々「書け」と声をかけてくれた人がいて、書く機会が与えられてきたのは、ありがたいことだ。

月刊『弘前』には震災の年の五月から連載を始めた。毎度弘前やその周辺のことを書くようにして、かれこれ三年になる。なにしろ人生の半分以上を津軽圏で過ごした私、どうしたって超ローカル目線。津軽のウチワ受けネタばかりがぞくぞくと湧いてくる。そういうのは書いててホント楽しい。

見たこと聞いたこと考えたこと想像したこと、日々生きていると勝手に心に溜まっていくものがある。伝えたかったのに伝え損ねたことば、いつまでも忘れられずにいる誰かのことば……もどかしく積み重なったハギレみたいなそれらから、選んで、切って、揃えて縫い合わせたり、ぎっこんばったん織り上げる。だから私の場合、作家といっても、小説家というより、ことばの裂き織り作家みたいなものだ。

自分が書こうが書くまいが、せいぜい蟻のくしゃみ、世にたいした影響もあるまい。そもそも文字などなくても人は笑って生きられる。むしろ文字が引き起こす不幸の方が深刻だ。机上の、ネット上の、空虚で未熟で粗暴な言葉のやりとりが、行き場を失い、あちこちで噴きだし、誤解とけんかが起きている。

しかしそれに抗おうとする動きもまた、静かに起こりつつある。本当のことばとは必ず人の心から生まれてくるもの。ある種の諦念は必要でも、そう簡単に絶望するのも面白くない。宮沢賢治も言った。「ぼくはきっとできると思う。／なぜならぼくらがそれをいま／かんがえているのだから」

そうでなくても理不尽で、さびしいことがいっぱいある世の中で、書く人間にできることなんか、見ること、添うこと、願うことぐらいじゃなかろうか。というわけで、もしいつか神龍を出せたら、世界の平和か豊年満作でも願っておこう。

いとし、なつかし、つんつんあいし

あれは小学三年生の夏休みだった。妹を連れ二人きり、青森から弘前まで初めて列車で旅をした時のこと。

目的の祖父母の家に無事到着。祖母は安心して夕飯の買い物に出かけ、家の中は途端に、しんとした。すると普段超無口な祖父が、ぼそぼそ言った。

「つんつんあいし、くが?」

ぽかん、と私と妹が口を開けていると、祖父は黙って冷凍庫から黄色い物体の入ったビニール袋を取り出し、手早く大きなスプーンで小皿に取り分け、目の前に置いてくれた。どうやら食べろということらしい。おそるおそる食べる。シャリシャリして、ほてった口の中で雪みたいに溶ける。カップ入りアイスよりも強烈な甘さで、冷たくって、頭にガッツーンと来た。

私たちが「つんつんあいし」をぱくぱく食べるのを祖父はニコニコ見つめていた。それが藤田冷蔵庫の名物アイスで、弘前公園で売られているチンチンアイスのことだと知ったのは、ずいぶん後になってからだった。祖父母はなんと冷凍庫に常備していたのである。

大人になり、子供連れで弘前公園を散歩する暑い日にも私は時折それを買った。その頃にはチリンチリンアイスと呼ぶ人が多くなり、昔より甘みもナチュラルになり、りんご入りなんてのもできた。ぎゅっと握った熱い百円玉と交換にアイスを受け取り、嬉しそうに食べていた子供の横顔、昨日のことのようである。

さて先日、東京の友人に公園を案内した。鈴を鳴らしてやってくる青い屋台を目ざとく見つけた彼女があれは何かと聞くので公園の名物アイスだと説明する。いくら？　と聞かれ百円と答えると、それなら食べてみようかなと言う。だが近づいてみると驚きの百五〇円！　愛すべき弘前庶民の夏の味もガソリン並みに値上がりしているではないか。迷っていると別の人が買っていった。結構でかい。ランチ直後で別腹に余裕の無い大人女子二人、無言ですごすご通り過ぎた。

ああ消費税とか材料値上げ、そいつは仕方ないとして、せめて買いやすくて食べやすい百円の小盛りサイズがあればいいのに。味見にちょっとだけ食べたい観光客とか子供や学生、シニア世代にはミニサイズの方が嬉しい。きっとたくさん売れると思うんだけどな。

いとし、なつかし「つんつんあいし」。いっそ今年はひと袋大人買いしてみようか。

（２０１４．８）

藤田のアイス、今年Twitterでバズりましたね。レイコさんが日テレに出ていてびっくり！

三沢への道、カシス色の扉

この夏、ひとりで三沢まで運転した。生まれて初めて自力で津軽から南部へ越境できたのだ。私にとっては太平洋横断なみの偉業を成し遂げた気分である。

目的は寺山修司記念館。今年四月に旅立った寺山修司元夫人、九條今日子《くじょうきょうこ》さんの追悼展と夏フェスがある。だがこの記念館、おそろしく遠い。弘前から列車を乗り継がなきゃいけないし、小川原湖畔にあるため駅からタクシーメーターうなぎ登りの恐怖。車だとすぐなんだけどな、と言いつつ、私の運転能力を知る夫は、明日迎えに行ってやるから列車で行けば？　などと殊勝《しゅしょう》な言葉を吐く。なにしろ弘前は朝から大雨だった。

うだうだ迷っていると昼近くに少し雨脚が弱まった。よーし行っちゃえ！　と勢いで飛び出す。青森まで高速、それからみちのく有料道路で七戸を通る頃には、南部独特のすっきり無邪気な青い夏空が広がり、あっさり目的地に到着した。三沢と弘前、わが二つのふるさとはこんなにも近かったか。嬉しすぎて泣ける。こうして最後までイベントを満喫し、無事帰ってきた。

16年前、三沢に記念館がオープンすると九條さんは弘前よりもっと遠い東京から毎年三沢に足を運んだ。寺山修司の面倒な著作権管理をしながら、昨年の没後30年まで、サクサク明るくチャーミングにテラヤマの魅力を語り、若い世代に発信しつづけた。

昨年九條さんは珍しくわがままを言った。三沢まつりにテラヤマ山車「人魚姫」を参加させたいのだと。そして、それが最後のわがままになってしまった。

わがままといえば、二〇〇九年に九條さんが弘前を訪れたとき、どうしてもと頼まれ、一緒に行ったのがラグノオ本店だ。「婚約時代、青森にあったラグノオにね、寺山とケーキを食べに行ったの。懐かしいなあ。でね、太宰さんみたいに、寺山のお菓子を作りたいんだけど、せっかくだからラグノオで作りたいのよ。」

九條さんの思いが形になってできたのが『田園に歌詩集《カシス》』である。江戸っ子の九條さんは青森県の人間以上に寺山の故郷を愛してくれたよ、と思いながら百石町をふらふら歩いていると、ラグノオ本店のガラス扉に「追悼！　九條今日子展」のポスターが貼られてた。幸福そうに語らうペアルックの若い二人。どこでもドアみたいに、このカシス色のポスターが弘前と三沢とを繋《つな》いでくれていた。そう、もう三沢は遠くない。

（2014．9）

☺九條さん、太宰の「生まれて墨ませんべい」に衝撃を受けていました。

みにくいアヒルの子とヘイトスピーチ

いじめは、悪い。

それは誰でも知っているのに、でもそう簡単に無くならない。いい大人になってヘイトスピーチなんてことをする人たちもいるぐらいだ。やれやれ。

二年ほど前、とある中学生たちと一緒にいじめについて考える機会があり、なんとなくアンデルセン童話の「みにくいアヒルの子」の話になった。

すると、一人の生徒が真顔で聞いてきた。『みにくい』ってどういう意味？」「見えにくいってことだべ」「違うべ、ウザイってことだ」「キモイこと？」「え、汚いってことじゃないの？」彼らの不毛なエンドレストークを聞きつつ、なんだか可哀想になってくる。「この童話、ほんとに誰も知らないの？」

するとその場にいた八人中七人がこっくり首を縦にふる。「ええと確か、アヒルの兄弟にいじめられてた汚いヒナが、実は白鳥だったっていう話」とかなり大ざっぱに筋を説明してくれたのが一人だけ。しょうがないので、かの童話を読んでやると、なるほど醜《みにく》いとは美しいの反対語なのだと彼らもすぐに納得した。

兄弟アヒルや他の鳥たちは、姿の違うぶざまなヒナを外見だけでひどくいじめ続ける。動物ってのは仲間や自分と違うものを排除する本能があるんだろう。母アヒルも最初は醜い我が子をかばうものの、あんな子は生まれない方がよかったなどと思うようになる。醜いアヒルの子はとうとう逃げだし、ひとり旅に出る。いじめがいいとはこれっぽっちも思わないが、どうしようもない居心地の悪さとか、悲しみ、悔しさは、時に新しい世界への扉を開く勇気に変わる。彼は様々な苦労をしてついに白鳥の仲間たちに出会い、ついに自分の本当の姿を知る。アヒル社会で最も醜いと思われていた灰色の汚い自分は、実は美しい白鳥だったのだ。

もしみんな幼い頃にこの童話を読んでいたら、簡単に人にキモイだのウザイだの死ねだなんて言えないんじゃないかしら。一番醜くてかっこ悪いのは、白鳥の子と知らずにいじめる兄アヒルたちである。劣って見え、気に障り、いじめたくなる相手も、本当は自分よりずっと優れた存在かもしれない。それが想像できたら、うっかり人をいじめられない。ましてや集団で大声で人の悪口を言って歩くなんて、それはよっぽど自分の姿が「見えにくい」状態なんだろうな。気の毒だ。

（2014．10）


この頃いろんなデモが起きて、ヘイトスピーチが社会問題になりました。

文ストと「太宰さん」人気

娘が「修学旅行の自主見学、みんなで太宰さんの墓参りしようかな」などと言い出した。げっ！　どどうしたの悩みがあったら話してごらん、と、聞けば、なーんだ漫画のせいだった。ああよかった。

『文豪ストレイドックス』、通称、文スト。いまや累計百万部突破の新感覚文豪バトルアクション漫画である。そういえば以前から娘たちが中島敦だの国木田独歩だの、なぜか日本文学史講座みたいな会話を楽しんでいるのを奇怪に思っていたが、そういうことか。

文豪と同姓同名の主人公たちは各自、異能力をもち、敵味方に分かれて戦う、という荒《こう》唐無稽《とうむけい》な話。顔は文豪本人とは別モノでイケメン揃《そろ》いだ。なぜか泉鏡花と尾崎紅葉は美女になっている。さて各自の異能力というのが、例えば中島敦は「月下獣」で虎に変身、芥川の「羅生門」はあらゆるものを喰らい、梶井基次郎は檸檬《れもん》爆弾つくるし、宮沢賢治は「雨ニモ負ケズ」と怪力を発揮等々、文学史の小ネタ満載。そこで娘らに本物の文豪の顔を国語便覧で見せてやると大受けだった。こんなに楽しげに便覧を見る学生を育成するなんて、すごいぞ作者、朝霧カフカ、と胸の中で白旗を振る。

さて並みいる文豪異能者の中でダントツ人気なのが、怖ろしいほどイケメン化した太宰治なのだ。その能力「人間失格」は敵の能力を無能化できる。ある意味、最強じゃないか。だがアホらしいなどと笑っちゃいけない。今年、神奈川文学館の太宰治生誕一〇五年展でこの文ストの「太宰さん」とコラボ企画したところ、文豪女子が押しかけ入場者数がすごいことになったらしい。賛否両論あるけど、まあ、それで日本文学に興味を持つ人がいたって別に悪くないんじゃないかな。

この勢いをなんとか弘前にも、と思ってたら、メディアイン城東、すでに太宰と文ストのコラボコーナーが登場してた。やるではないか。


（2014.11）

☺ というわけで娘の自由見学は三鷹。ボランティアガイドさんにお世話になりました。

今官一、弘前教会で洗礼を

ある時、詩人に「ねえ、ソウルメイトはいる?」と突然聞かれてどぎまぎしたことがある。ソソそれは何ですかと急にたどたどしい日本語になって聞くと、どうも友以上の、魂の片割れ的存在を指すらしい。

そう言われてふと思い出すのは、太宰治とコンカン、今官一の二人だった。弘前郷土文学館にある写真、ダザイとコンカンが一つの火種から煙草の火をつけようとする一枚は、何度見ても胸がぎゅっとつかまれる。ああいうのをソウルメイトっていうのかな。

明治42年12月8日弘前生まれの今官一は、青森県で初めての直木賞を受賞している。太宰を中央文壇に紹介したのも今官一で、同じ三鷹に住み、トラブルメーカー太宰を死ぬまで擁護し、彼の文学の素晴らしさを語り続け、太宰の命日に桜桃忌と名付けたのも彼だ。召集された時、今官一は太宰に原稿を預けて戦地に行った。三鷹が空襲の時、太宰は自分の原稿そっちのけで友の原稿をしっかと抱いて防空壕に逃げたという。この話を聞いて以来、どうも太宰が憎めない。

さて先日、元寺町の弘前教会の牧師、村岡博史さんにお願いして、大正末期から昭和初期洗礼を受けた方々の名簿を確認していただいた。村岡さんはすぐに丁寧に調べて下さった。私のお目当ての人物は残念ながら見つからなかったが、たまたま名簿を見ていて、昭和2（一九二七）年2月20日に弘前教会で洗礼を受けた4名の中に今官一の名前があって、驚いた。

この時彼は17才、まだ東奥義塾の学生だった。本多庸一の弟子、中田重治によって洗礼を受けたともいわれている。

太宰と今官一の最初の出会いは学生時代に弘前のカフェだったともいわれている。太宰文学にはたくさん聖書の言葉が登場し、キリスト教の影響についても多くの研究者が指摘しているけど、もしかしたら太宰と聖書を結びつけたひとりは今官一なのかもしれない。

古い教会がたくさん残る弘前で、この時期それぞれの教会の素朴で大きなツリーやリース、ステンドグラスを眺め、学生時代の太宰や今官一、あるいは遠くの友に思いを馳《は》せて歩くのもなかなかである。やっぱり、若い日に過ごした街や友は一生の財産だ。

思い煩うな、空飛ぶ鳥を見よ、播《ま》かず、刈らず、蔵に収めず。　太宰治

（2014．12）

☺ このとき探していたのは寺山八郎の洗礼を受けた記録です。今年、義塾で確認できました。

黒船来襲、どすたば。

来た！　とうとう来てしまった。黒船だ。

山ほど珈琲《コーヒー》を積載した黒船がやって来る。上陸地は弘前第八師団の師団長公舎。そうか、いよいよ来るかぁ、と、新聞記事を読みながら武者ぶるいする。

数年前、五所川原のエルムに寄ったら、ものすごい長蛇の列ができてて唖然《あぜん》とした。何事かとたどっていくと、県内初出店のスターバックス！　おお、津軽人はスタバを飲むために行列をなすのか、と妙な感心をしたものだ。スタバがうまいか？と聞かれればうん、と答える。スタバもドトールもイノダも小川珈琲も嫌いじゃない。

でもっ、いつも飲んでるこの街の珈琲だってかなり美味しいぞーっ、と蓬萊橋の中心で叫ぶ私。なにしろ7年前の月刊『弘前』に「ひろさき、こだわり珈琲の町」を書いた責任がある。これって実は成田専蔵さんの「珈琲の街ひろさき」宣言より早い。もしや読んでくださったか、共時性か、いや予知能力か……とにかく、以来「珈琲の街」を星明子のように応援している。

偉いことに専蔵さんはその後、弘前珈琲のルーツを江戸時代まで遡《さかのぼ》り、「藩士の珈琲」

なるものを復元された。これは田舎館田んぼアートに垂柳遺跡があるのと同様、大変な説得力と魅力ある話だ。

三浦雅士氏も以前「住民ひとりあたりの喫茶店の数は、全国に比較して弘前が異常に多い」と話されていた。喫茶店に集う人たちは珈琲片手に文学や美術、音楽談義にふける。だから喫茶店やカフェの数とその街の文化度は関係あると思う、というお話には目から鱗《うろこ》だった。この街に音楽家とか美術家とか文学者が多いのって、喫茶店のせいだったの？　それはすごい。

こんな弘前、しかも市役所隣にスタバ？　まあでも第八師団長ってのも、そもそも中央から派遣された人が務めてたんだし、あそこは外来者の場所なんだな。

ならば受けて立つべし！　弘前カフェの陣だ。

迎え撃つ地元の珈琲屋さんやお茶屋さんに、仲町の武家屋敷とか太宰下宿に入っていただき、珈琲やお茶、和洋スイーツが楽しめるようにしちゃうとか……あ、寺山ゆかりの紺屋町屯所こそぜひ珈琲屋にしよう。

メニューはひとつ、モカだけだ。店名は「どすたば」。

ふるさとの訛りなくせし友といて　モカ珈琲はかくまでにがし　寺山修司

（2015．1）

このあと成田専蔵珈琲の「弘大カフェ」ができた。なお星明子は、星飛雄馬の姉…、わかる？

津軽の文学のなかで　66

ひろさき、こだわり珈琲の町

世良　啓
『北奥気圏』同人

家族を送り出して後片付けが済むと、私の朝食兼コーヒータイムになる。コーヒー缶を冷凍庫から出す。春にさくら野の『大京都展』で衝動買いしたイノダの豆を一人分だけ挽く。お湯を注ぎ、ひとりきりの静寂の中にコーヒーの香りが漂い始めるとやっと、ああ今日が始まるんだなという気分になる。朝弱い私の、大切な目覚ましセレモニーだ。

今朝、冷え切ったその缶を取り出すとき、豆がカラカラ心細く鳴った。大切に飲んできたけど、そろそろ残り僅かなのだ。次の豆はどうしようかな……。

節約しようかと以前スーパーで紙ドリップ式コーヒーを買い、飲んでみたらこれがちょっとびっくり。なんだか違う。うーん、味も香りもこれじゃ朝が来ないよう。通でもなんでもないシロウトだけど、私も、もしやいつの間にか鼻や舌が贅沢仕様になっていた？

職場でコーヒー係をしていた頃を思い出す。注文先は代官町のハローコーヒーさん。電話で「今月のは？」と聞くと、お勧め豆の煎り具合や味、フェアトレード豆のことまで、お店の方がとっても親切に教えてくれた。調子に乗って豆をいろいろ試すのは楽しかった。

ある日お土産でイノダコーヒーをいただいた時のこと。仕事の合間に「さあイノダですよー」って張り切ってコーヒーを淹れ、みんなで一緒に「やっぱり美味しいねえ」って飲んでいたんだけれど、しばらくして誰かが言った。「でもホントは違いがよくわかんない。普段のも結構おいしいってことかな」。一瞬暴言と思われたその発言。ところが次々に頷くみんな。私もそのひとり。「ハローコーヒーも負けてないねえ」。

それでふと、弘前にはこだわりの珈琲屋（と珈琲職人さん）が多いのではと思い当たる。

太宰治も飲んだという『万茶ン』。特別な日に行く『葡瑠満』。水出しコーヒーの『チェンバロ』や土淵川近くの『きりまんじゃろ』、ぜひスクールに行きたい『成田専蔵珈琲店』とまあ、挙げればきりがない。そもそも古くから喫茶店自体が多いんだもの。中には〝文化拠点的喫茶店〟まで存在する。例えば『ひまわり』、『煉瓦亭』、『北奥舎』……。

いま弘前はかなりおいしい。中でも元気なフレンチやスイーツ、だからいっそ次は『こだわりの珈琲の町、ひろさき』なんてどうでしょう？　『弘前珈琲職人地図』作ってみたい。

次の豆は弘前の珈琲屋さんに買いに行こう。それから時々は喫茶店でゆっくり珈琲を飲む時間を作ろう。そう思いながら軽くなった缶をそっとしまいこんだ。

文学の可能性を求めて

弘前ペンクラブ

ＦＢ始めました

弘前路地裏探偵団が元気である。その活躍ぶりたるや、弘前だけでなく南部の五戸町だの階上村だの北海道、まさか韓国の路地裏にまでてくてく足を伸ばしているとは！　考現学の創始者、今和次郎先生も喜んでいるに違いない。こんな彼らの足跡をリアルに知ることができたのはＦＢ、フェイスブックのおかげだ。

そもそも、大事な人とは直接会うのが一番、後は電話や手紙やメールのやりとりでよかった私。昔、人に誘われＨＰだのブログだのミクシーだのといろいろ試みたこともあるが、必要性無いのと面倒なのとよくわからんのとで、すぐやめてしまった。

それが昨年秋、七戸町のドラキュラで町おこしに関わった縁から、とうとうＦＢに手を出すことになった。

ネット上ではその危険性がこんこんと語られている。個人情報スケスケとかＣＩＡにバレバレだとか、変な物の拡散に協力しないようにとか、どこまでホントかは不明だが、タダで便利な分そりゃリスクはあるだろう、気をつけねばならぬ、と心して始めた。

始めてみるとテレビや新聞では報道されない情報が大小いろんな形で耳目に入ってくる。友だちを中継点に、職業国籍老若男女関係なく、いろんな人の見たこと考えたことが流れてくる。イベント情報も入手しやすいし、こちらからの発信も手軽にできる。会えない人の近況を知ってほっとしたり、県内各地や東京、富山など、出会った人たちが自分の町のことを熱く語る姿とか、何かを創り出そうとする姿、世の中をどうにかしたいと考える姿が日々伝わってくるのはなかなか刺激的だ。中には変な噂やガセネタもあり、それはそれで笑える。FBはリアルタイム考現学かもしれない。

一方でネトウヨという言葉があるくらい右だの左だのというバトルがあることもわかった。困ったもんだ。本多庸一や新渡戸《にとべ》稲造みたいな仲裁と問題解決の達人がいればなあ、と思う。ともかく例えどんな立派な主張でも、相手を貶《おとし》め、排除し、挙げ足をとるいじめっ子みたいなやり方だけはいただけない。みんなが知るべき大事な情報を隠し、ごまかしたりするのもだめ。双方の意見や多様な情報をなるべく見聞きし、少しでもみんながましで平和に過ごせる道を考えなくちゃ。何しろいまこの国は問題てんこ盛りなのである。

と、いうわけでFB、やってます。

（2015．2）

FB、Twitter から Instagram、Tik Tok へと…追いつけません。

東　京

東京圏で息子が一人暮らしを始めて一年がたつ。

大丈夫？　心配だねえ、私なんかしばらく泣いちゃった、本当に寂しいもんだよ、などと優しい友人たちが声をかけてくれるのに、そ、そうなの？　と、あまり寂しくない自分を怪しむ。親に向いてないのか。

いや、親に向くも向かないもないものだ。生徒がいて初めて先生になるように、子が生まれて親になる。順序はいつも逆。実は子供が苦手だった。幼い頃から変に年寄りくさかった私は、子供世界の無邪気なずうずうしさと容赦ない残酷さが怖かった。こんなんで自分が親をやっていけるのかと心配した、限りなく。

だけど、実際手にした赤ん坊は理屈抜きの存在だった。ただ精一杯生きようとする命の塊。そっか、生きてるってあったかいってことなのか、と感動。さらに赤ん坊は自分みたいな不器用な人間でも無条件に信じ、頼り、ひたすら愛してくれる。そんな体験初めてだった。人は誰かに熱烈に愛されたり信じられたりすると自分でも思ってもみない力が出たりする。それを何にもできないはずの赤ん坊が教えてくれた。昔から子供は二歳までに全部の親孝行をするというけど、それもホント。とはいえ子育ては忍耐忍耐また忍耐。理想や望みは必要だけど、すぎると苦しい。そんな時はこんな言葉に救われた。「子育ての最大の秘訣は生かしておくこと。それだけだからね」うむ、その通り！

育ってしまえば子は子の人生、そんなに行きたいなら、と手放してみると、逆に東京に拠点ができた。上京するたびスマホ片手に列車乗換しながら、飢えた狼みたいに展覧会だの演劇だの名所旧跡あちこち駆け巡っている。この一年は私にとって東京元年となった。

かつて都会に憧《あこが》れたこともある。でも生まれてこの方、青森暮らし。友だちがバブルを満喫している頃もそれどころじゃなかった。諦《あきら》めてた。そっか、長いこと私は自分のしたいことを封印してきてたんだな、とやっと気づく。我慢時間が長かった分、好きなものを好きと言えて、見たいものを見に行けて、会いたい人に会いに行ける、その嬉しさったらない。いつもそんなことができるわけじゃないが、短い非日常の時間は日常を生きる燃料になる。少しの東京が楽しいのは帰る青森があるからだし、春が来るのがこんなに待ち遠しいのも、やっぱり長い冬のおかげなのだった。

（2015．3）

☺ この頃からやたらと上京していた。行けるときに好きなだけ行っておいてよかった。

弘南鉄道・こぎん列車の夢

春である。春は眠い。うとうとしながら見る夢がいくつかある。野望的アイディアともいう。

たとえば、こぎん列車。

津軽鉄道がストーブ列車ならば、弘南鉄道は、こぎん列車しかない。うむ。

列車の内外にこぎんデザインを採用。こぎんは大きく分けて三種類あるが、黒石線の方は東こぎん、大鰐線の方は西こぎんと、そこはこだわる。車内広告にはこぎんと沿線市町村の歴史を。車掌さんのネクタイはもちろんこぎん。切符もこぎん。猫足、カチャラズ、さや型など、ジブリ美術館の切符みたいに数種類つくってコレクター心をくすぐる。たまに本物の布切符も混ぜる。主要駅にはミニこぎん展示室を作る。

ゆるキャラのラッセル君の相方には、こぎんちゃん。あまちゃんみたいに、地元の女の子たちがアテンダントになってもいい。こぎん衣装を着て津軽弁でおもてなし。車内限定こぎんグッズや、津軽平野で収穫したお米の超おいしいおにぎりを「めーよー」とお手頃価格で販売する。これは通学学生たちにも食べてほしい。あ、通学には鉄道を使おう運動もぜひしたい。おにぎり割引特典つき年間パスポート、どうかな。

岩木山を眺めつつ、弥生時代から続く広い田んぼを横切って走る弘南鉄道黒石線。大鰐線も阿闍羅の山々とりんご畑の中を走る。沿線は良質な温泉だらけだ。四季の移ろいを田んぼやりんごや山野で感じられる『日本一の田舎列車』と世界中に宣伝しよう。

いまや世代も国籍も超えて大人気のこぎん刺しだが、実は、明治末期に大量生産の布に押されて、一時、誰も作らなくなっていた。すたれかけたこぎんの危機を救ったのが、大川亮という人だ。大正二年の大凶作をきっかけに、地主だった彼は農民を救うため、寒さに強い稲の品種改良をしたり、こぎん、織りゲラ、わら工藝《げい》品、ぶどう蔓《つる》で作った手籠《かご》、悪戸焼、錦石などの地元の伝統工芸品を発掘、デザイン、商品化し、欧州販売しようと計画していた。東京美術学校で学んだ彼は目利きのアイディアマン。今なら町おこしプロデューサ兼デザイナーか。あの柳宗悦より亮の方が古い。

その亮は弘南鉄道生みの親のひとりでもある。マークもなんと彼のデザイン！　弘前、黒石、平川、大鰐など沿線市町村の皆様、こぎん列車の夢、いかが？

（2015．4）

😄黒石線には田んぼ鉄道、大鰐線にはりんご畑鉄道という、ステキな別称がつきました。

あれから

五歳の記憶が鮮やかだ。

やっと五歳になれた、と、なぜかそのことがひどくうれしくってうれしくって、近くの野原をスキップした。母が編んでくれた水色のスカートをはき、今日から五歳、今日から五歳と心の中で何度もくりかえした。

それより古い記憶も薄ぼんやりあるが、その夏の日のインパクトはずば抜けている。

五歳児といえば、クレヨンしんちゃんぐらい大人や人生をイジれる反抗的幼児に成長していたりする。そういえば私も昔から年寄りじみたかわいげない子供だったなあ、と感慨にふけるのも、いよいよ五年目に突入したからで、何がって、この連載がなんと五年目！すごーい、と言いつつ自分でおろおろする。

今度さ、月刊『弘前』に連載することになってね、と高校時代の親友に伝えた時、彼女は、えー、まじー？　あんたそそそんなに出世したのっ、大丈夫なの？と携帯の向こうから目をムいて噛みつきそうな勢いで祝ってくれた。彼女によれば、弘前市民にとって月刊『弘前』とは病院や喫茶店に置いてある文化の薫り高い老舗ミニコミ誌らしいのだった。

ひー、おっかない。

そこに四年間、しかも地元のウチワネタばかりを飽きもせず書いた。投げ出さなかった自分（本来三日坊主）をべたべたにほめてやりたいが、ここは担当Sさんの力が大きい。原稿を送るとすぐ読んでさらさらっと気の利いた感想とか、季節の粋な一言をつけた返事を下さって、締切が迫ると、ああ、この人を裏切れない、また読んでほしいなあ、と、書く私であった。

連載開始は二〇一一年五月。忘れるものか、である。第一回は再生する中三と、中止しなかった弘前さくらまつりのことを書いた。日本中が何かに気をつかって行事を何でも自粛していたあの時、弘前だけが「さくらまつりやる！」と言い放ったのである。

そこから五年、弘前はちょいとバージョンアップしたと思ってる。お、この街いいじゃん、と思った人はきっと私だけじゃない。弘前のじょっぱりは都会のつまらん空気なんか絶対に読まない。違うべ、って時はげろっと言う。反骨の血の使い道は大切だ。それは今いちばん日本に必要とされる力かもしれない。

とにかく多々他譚、五歳。そしてあれから五年目。

（２０１５．５）

ここで半分です！

太宰への入口

太宰の下宿（太宰治まなびの家）に、取材が入るという。しかも、なんとわざわざ中国から！

「知日《チニチ》」という雑誌で、中国で十万部発行というマンモスマガジンだという。「親日」でも「反日」でもなく、日本のことをもっと知ろうよ、というコンセプトらしい。そんなすごい雑誌が、初めて日本の作家を取材する企画に太宰治を選んだらしい。

その取材になぜか呼ばれた。

「え、何で自分？」と、鳩が豆鉄砲状態。電話をくれた解説員の三浦くんにも確認したけど、彼も「さ、さあ、なんででしょう」と戸惑っている。そりゃそうだろう。私は別に太宰研究者でもないし、まなびの家のボランティアを積極的にしているわけでもない。

どうもきっかけは、まなびの家ＨＰ「走れメロス掲示板」に三月に書いたエッセイのせいらしかった。ネットというのは確かに世界と繋がっているんだなあと、つくづく実感する。題は「シュウジにまつわるエトセトラ」で、旧制弘前高校生だった津島修治（太宰治）

と弘前生まれの寺山修司、その父親の八郎のことを書いたのだった。それと、太宰下宿の保存活動をした小野正文先生や獏不次男先生のことも取り上げた。今こうしてまなびの家が残っていて、弘前に太宰ファンが来るようになったのも、ひとえに小野正文先生が中心になって活動した「太宰治下宿保存会」の皆さんのおかげだったりする。ちなみに私もとりあえず会員だった。

取材の電話をいただく前日、偶然矢川写真館に行くと、玄関で小野先生の素敵な肖像写真に遭遇した。取材当日、矢川さんは快くその写真を貸してくださった。まなびの家の座敷にそっと置くと、写真が嬉しそうだった。先生の軽妙トークが聞こえてきそうだ。

当日はペンクラブ会長の齋藤三千政先生、副会長の阿部誠也先生たちが来て下さってほっとした。「知日」取材班はみんな学生みたいに若かった。一番若い女の子に「どうして太宰に興味を持ったの?」とこっそり質問すると生田斗真主演の映画「人間失格」を観てから、と、彼女は恥ずかしそうに言った。なるほどね。そこからでしたか。

マンガでも映画でも、入口なんかどうだっていい。そこから世界の若者が足を踏み入れる太宰治という迷宮は、どうやら語り尽くせない奥深さを持っている。

（2015．6）

完成した雑誌「知日」、クオリティー高くてびっくり。日本語版を出してほしいぐらい。

杉並、太宰の碧雲荘

杉並区時代に太宰が借りて住んだ高級下宿碧雲荘《へきうんそう》。教科書でもおなじみの「富嶽《ふがく》百景」に「東京の、アパートの窓から見る富士は、くるしい」とあるがそれはこの碧雲荘のことだ。太宰はここで「がぶがぶ酒のんだ」り「じめじめ泣いて」たりしたらしい。まだ残っていたと聞いて、へーそれはいつか見たいとのんきに思っていたらなんと取り壊し寸前という。

太宰の下宿なんてさ、生家ならともかく一般人は興味ないって、という声も聞く。正論だ。くどいようだが私も太宰ファンではない。だからこそ県外や国外で遭遇する太宰ファンのダザイ愛、ダザイ魂には圧倒され続けている。な、なんだこの熱気。近年はマンガのせいで余計に「太宰さんファン」はぐんぐん増殖中、文学展示やゆかりの地できゃーきゃー騒ぐ乙女が後を絶たない現実にアゴが落ちるほど驚く。

なにしろ太宰の場合、中学2年生の教科書で必ず「走れメロス」を習うのだ。現在30代以下の日本人は全員、一国の首相の名は知らずとも太宰の名は知っているというオソロシイ浸透率。川上未映子、西加奈子、又吉など若手人気作家がこぞってリスペクトするのも太宰だし、例の中国の雑誌「知日」が日本人作家として初特集を組んだのが村上でも川端でもなく、太宰。彼はもはやゆるぎなき日本№1作家、なのか。まだ数は少ないかもしれないけど弘前に太宰を求めて旅人が来るようになったのは藤田家が残ったおかげである。

さてこのごろの東京は行く度にあちこち工事中。東京国立競技場も壊され、青山円形劇場も壊される予定。渋谷周辺の風景も激変している。それに比べ師団長庁舎をスタバとコラボして残したり、前川建築を残したりしてる弘前の方がよほどいい。残した後どう活用するかは超難題だが、とりあえずそれは残ったからこその悩み。活用方を考える余地があるのはまだ幸せだ。

碧雲荘は関東大震災後の昭和初期の建物で東京大空襲でも残った貴重で豪奢《ごうしゃ》な木造建築。それを太宰ファンの力を借りて残せるなら悪くない。太宰を生かせば彼ゆかりの人や土地や物、彼の生きた時代が残る。

そもそも天災や戦争があればどんな立派な建物も文化遺産も瞬時で無くなってしまう。はかないものだ。それをオリンピックの大義名分の下、なんだか壊さなくていいものまで壊し続けているように見えるよ、東京は。

（2015．7）

碧雲荘は解体され市の福祉施設ができた。でも、その中に碧雲荘コーナーができたのは署名効果かも。

ラグノオのヒミツ

荻窪の太宰の高級下宿、碧雲荘《へきうんそう》の保存運動のために署名してくださった皆さん、本当にありがとうございました。まずは紙面を借りてお礼申し上げます。

予想以上の数に荻窪の方々も驚くほど。これは三鷹から来た朗読家の原きよさんの熱意による。去る五月十八日「太宰下宿のある町・弘前と荻窪のための朗読ティータイム」に始まり、翌日も一生懸命金木や津軽半島をまわって署名を集めていた。十九日はペンクラブ20周年のために弘前の太宰下宿で朗読した青森出身の朗読家、中村雅子さんも協力してくださった。

朗読会というものを開催するのも署名活動を呼びかけるのも初めてだった私は、慣れないことに内心バクバクだったが、会場を提供してくれた百石町ＳＡＫＩの福田さんはじめスタッフ皆さんの笑顔のご協力と、来て下さった方々のおかげで満席大盛況。嬉しくて喋りすぎた。いやはやチャカシである。反省。

いつも後から「なぜ私はこんなことをしているんだろう」と思って足がとまる。自分の意志とも違う。では何が私を突き動かすのだろう。そういう巡り合わせになったとき断らずに受け容れるのもまた結局は意志だろうか。迷いはねぷた灯籠《とうろう》のろうそくのように揺れる。反省したり自問したりで、心はとても忙しい。

ＳＡＫＩを朗読会場に選んだのは、弘前ペンクラブ顧問で、弘前の太宰下宿を保存した小野正文先生がいつもいらした場所だったからだ。青の画家の佐野ぬいさんのご実家でもある。このラグノオ本店、かつては佐々木菓子舗と呼ばれ、大正時代から詩人や画家など文人が集う場所だった。地方詩を提唱した福士幸次郎や一戸謙三らのパストラス詩社、棟方志功などもここに出入りしていたし、小説家の石坂洋次郎の所に執筆依頼しに行く人はラグノオのカステラを必ず持参したなどという伝説もある、伝統ある文人カフェなのだ。

日本には古来、亡き人の念がしばらく消えずにものや場所に残るという思想がある。弘前もあちこちに念がたっぷり残る妙な空気の町だが、ＳＡＫＩにもまた多くの先輩文人の思いがあたたかく漂っている。

「残せないかもな。でも百年後の人たちに、あの時代の人たちは何やってたんだ、と言われないためにせめてベストを尽くそう」かつて太宰下宿保存のために奔走した故獏《ばく》不次《ふじ》男《お》先生の言葉が耳をよぎる。

（２０１５．８）

☺ 百石町のラグノオ、また朗読会とかできたらいいな。方言詩なんかよさそう。

うたう

歌ってしまった。あの「音楽家」の鎌田紳爾氏と。

三沢の寺山修司記念館は生誕80年特別展テラヤマミュージックワールド開催中。その夏フェスで寺山演劇の音響を手がけた森崎偏陸さんと鎌田さんとトークすることになったのだがこの二人「出演者もみんな歌いましょう」などと無茶を言い出す始末。「寺山の詩に僕が曲をつけたのがあるから、セラさん上を歌って」と『ひこうき』という曲の楽譜を軽やかに手渡す鎌田さん。あわわ無理無理、やめましょうよ、とべそかくも、笑顔で拒絶される。前夜は眠れなかった。でもいい詩いい曲なので歌ってみたい気もして、ややこしい。

もともと歌は好きだったが、地声と裏声がぜんぜん違うので子供の頃から歌うたび変な声だと友だちにからかわれた。むつ市に小5で転校したばかりの音楽のテストの日なんか、いっそ学校を休もうかと決心したが、ずる休みもできない小心者、蚊の鳴く声でひょろひょろうつむいて歌った。高音域で裏声になるとクラスのみんながやっぱりクスクス笑った。ところが若い女教師は「裏声は別に恥ずかしくない」とみんなを黙らせ、私に「声、ちいさすぎる」と注意してから「あなた合唱部に入りなさい」と言う。「裏声きれい」きれい、という言葉に私は完全フリーズする。小さい頃から親にも他人にも「きれい」だの「かわいい」だのと言われたことがない。「かわいそう」なら耳タコだけどな、と、ぼんやりする私に教師は「あなた赤面症ね」と眉をひそめた。「顔、真っ赤」うろたえる私に彼女はとどめを刺した。「放課後、音楽室よ」

即日、合唱部に入部。ずうずうしいのは見かけばかりですぐトマトみたいに赤くなるし、本番に弱くてよく叱られたけど、それでも歌が好きだった。歌う間は音符とことば以外の余計なことを考えなくてもいい。読書以外にそんな時間があるなんて知らなかった。

中学の時三沢に転校して三沢市少年少女合唱団で温厚な男性指揮者のもと、二年間楽しく歌った。以来ステージに立つのは30余年ぶり。寺山トークが終わり恥ずかしさで気絶しかけていると、炎天下の会場でその合唱団の恩師と再会した。病後の身体を押してわざわざ来て下さったのだった。「よかったですよ」皺《しわ》だらけの笑顔。人前では泣かない主義なのに、危なかった。

歌えて、よかった。生きててよかった。

（2015．9）

☺ 合唱団の大久保先生、ちょっと佐渡裕に似た、ニコニコしておおらかな先生。お元気ですか？

ひとめの魔法〜佐藤陽子こぎん展示館〜

今年初め、こぎんの伝説の刺し手だった高橋寛子さんが亡くなられた。明治末期にこぎんを救った大川亮。彼のことで寛子さんには一度だけ取材させていただいたことがある。「珍しく久しぶりに、ちょっと刺してみたの」と、手元の布を広げ少し刺してみせてくださったが、その針の早さと細かさ、ほんものだった。

ずっとお会いしたかった佐藤陽子さんに初めてお電話したのは、その寛子さんの遺品についてて何か御存じないかと思ったからだ。偶然陽子さんも寛子さんの遺品の行方を知ったばかりで明日出かけるという。陽子さんは晩年の寛子さんの弟子の一人だったと知り、驚く。これはなんとしても会いにいかなくては。

自宅の一部をこぎんの展示館にした陽子さん。そこに若い頃から集めた古作こぎんからご自身のものまで、新旧の作品を工夫を凝らして大切に飾っていらした。展示だけでなく、古いこぎんを実際に着てみることまでできる。はおれば当時の息吹が肌からスッとしみる。試着用をとっかえひっかえ全て着てみたが、それぞれ肌触りも印象も少しずつ違う。刺し手も持ち主もこの世にはいないのに残された衣にこもった静かな想いが確かにあって、心が騒ぐ。

陽子さんのこぎん解説も独特で新鮮だった。刺し手にしかわからない視点から一枚一枚のこぎんの特色について語る。嬉しそうに、そして愛しげに。本物の刺し手というのは、古作こぎんを通じて、はるか過去のそれを刺した無名の女たちと会話できるようだった。

「こぎん刺しは、たった一目を刺すか刺さないかで印象がまったく変わってしまいます。たった一目、入ることで、不思議に気品のようなものが生まれるの。私はそれを『ひとめの魔法』と呼んでいます」

説明する彼女の笑顔に苦労の跡はみえない。だがその刺したこぎんの裏を見て、深いため息が出る。二十代から仕事と家庭とこぎんとを両立させることがどれほど大変だったか。少しでもよいものを刺したくてずっと長い間、日々努力を重ね続けてきたことの答えがそこにあった。正直で丁寧、端正な仕事。美しかった。

思えばここで体験した説明やもてなしすべてに『ひとめの魔法』はかかっていた。効率や損得とは真逆の行為。めんどくさいと切り捨てられる部分にあえてもうひと手間かける。

これがきっと津軽の女なのだ。

（2015．10）

又吉、杉並で太宰を語る

「なんで好きかって、たとえば僕が太宰を好き、って言っても、太宰ってびくともしないんですよ。もちろん他にも大好きな生きてる作家さんたちもいるんです。だけど自分がそういう方の名を好きと言った時に、『何だ又吉なんかが』って、汚すような申し訳ない気がして。だけど太宰だけは、僕が太宰好きって言おうが嫌いって言おうが、全然平気なんです。揺るがないんですよ。ファンの人もアンチの人も全部引き受ける強さとかでかさがある。これ、すごいと思うんです」芥川賞作家、又吉直樹の、静かで抑揚を落とした大阪弁がひょうひょうと会場に沁みわたっていった。

杉並の太宰が暮らした高級下宿、碧雲荘を保存するためのシンポジウム、太宰サミット。第二回は杉並公会堂になんと千人が集まった。5月の第一回が83人だったんだからオソロシイ急成長ぶりだ。

又吉氏は芥川賞を取る三日前に自分から出たい、と申し出たらしい。となると芥川賞は太宰からのご褒美なのか。ちょうどその頃、佐藤春夫宛の太宰の「第二回の芥川賞をください」という妙に情けない手紙も発見されて話題になった。どれもタイムリーすぎて、まるであの世から太宰が碧雲荘を残すために演出してるみたいだ。どんな変な資料や逸話が出てきても騒ぎになり、最後には「太宰だもんねー」で許されてしまうこの男、ある意味、確かに最強作家である。

このサミットでは東京大学の安藤宏教授の講演もあり、なんとそれが弘前の太宰下宿保存の話だった。

「僕はね、若い頃からリュックサックしょって、機会があれば津軽へ足を運んで研究を続けてきました。太宰の弟子の小野正文先生にも多くを教わりましたが一番心に残っているのが『文化の継承』ということです。太宰下宿取り壊しという話に、あの温厚な小野先生が珍しく怒って活動を始めたんです。ただ建物を残したいんじゃない、そこに集って太宰を読み、文学について語ることが大切なんだ、それこそが文化なんだよと教えてくれた。今では弘前市がちゃんと太宰下宿を保存、活用している。すばらしいケースです。」

二人の言葉は正確ではないかもしれない。でも圧倒的に心に残り、記憶に定着した。太宰って何者だ。文化って何なんだ。又吉氏と安藤先生に弘前に来てもらってゆっくり語ってもらう機会があればいいのに。

（2015．11）

Happy Birthday・寺山修司80才

早い、こんなにも早いのか。また寺山修司の誕生日が来る。12月10日で80才、傘寿。日本全国で寺山の同級生が今も現役でバリバリと音をたてて活躍している様子を見るにつけ、生きてお目にかかることだってできたはずなんだ、と思う。

寺山は弘前市紺屋町生まれ。それは村上善男と弘前の総合文芸誌『北奥氣圏』の活動でずいぶん世間に認知された。私は10号で卒業したけど、この雑誌に書かせて頂けた十年は本当に貴重な年月だった。すごく感謝している。ちなみに11号は寺山修司生誕80年特集。読まなきゃ損だ。

長いこと私は寺山はどうも苦手で、というスタイルで生きてきた。なにしろ青森で彼はえらく評判が悪い。なるべく近寄らないようにするのが賢い。でも俳人の成田千空さんや、元妻の九條今日子さんに会い、その壁はだんだん溶け、特に彼の亡くなった年齢を越えてからは嫌うより気の毒な方が勝ってしまった。もっと生きたかったろうになあ。九條さんの死も大きかったし、何より今のこの世界の状況が私を寺山に引き寄せる。テレビやネットから流れてくるニュースを眺め、ふう、とため息をつきながら、寺山や忌野清志郎や赤塚不二夫がもし今生きていたら何をするんだろう、とか思ってしまう。そういえば特定秘密保護法案が可決されたのが去年の12月10日。ってことは私がFacebookを再開して一周年になる。早いなあ。

さて寺山祝生誕の今月は東京でベテラン松本雄吉演出の『レミング』と若手ナンバーワンの藤田貴大演出の『書を捨てよ町へ出よう』の上演があるし、青森市では『寺山修司展』が、三沢では『寺山修司音楽祭2015』が開催される。寺山の入口は俳句と短歌だけど、その本領は演劇と映画だ。世界の演劇界を変えた男、ポーランドの鬼才カントルとガチで話ができ、カンヌ映画祭に正式招待なんて、その世界評価は国内の比じゃない。今年だけでも寺山映画がパリで上演されて満員御礼、ブラジルで『奴婢訓』公演、イギリスでは展覧会。寺山が世界の共通語になれるのは、作品の根底に父を奪った戦争というものへの憎しみと悲しみ、命や人間への深い問いがあるからか、と原稿書いて送ったら、担当者Sさんから「実は私も12月10日生まれで……」と！　Oh!! HappyBirthday!　どうぞよいお年を！

（2015．12）

☺ この年は１月に万有引力の『身毒丸』を東京で観てから寺山関係の演劇三昧でした。

学問しよう

小さいとき何が夢だった？　と、娘に聞かれた。

「親より先に死なない」と即返。えーと娘はけげんな顔をする。他にないかと聞くので「かっこいい年寄りになること」と言うと、もっとこう、夢っぽいのはないのかというので、大きな声で「じゃ、世界平和」と言ってみた。そりゃでかいけど、と彼女はゲンナリした。進路志望調査用紙を前にして、大きくなったらどんな職業につくとか、そういう将来の夢は無かったの？　と大人のように聞くので私は元気よく「ないっ」と答えた。

そう、ないものはない。

してみると進学も就職も結婚も出産もほんとうに何もかも行き当たりばったりだった。だから教師をしていた頃、生徒がまっとうな将来の夢を持って努力する姿を見るたび素直に尊敬した。夢を持てない、何になっていいか分からないという子には心から共感できたし、その正直な態度に感動した。確かにいつまで生きられるかわからないのにね、まず今を一生懸命生きて、試して、たくさん失敗して、嫌いなものやできないことがわかれば自分の好きなこともわかるし、それから考えてもいいと思う、と言うと安心する子もいたし、不安そうな顔になり、こうはなりたくないと思うのか、急に勉強し始める子もいた。立派な人間が教師になるのもいいが、そうでもない奴がなるのも悪くない。

確かに人生には見通しや計画も必要だ。でもそれを最優先してすべてを犠牲に、というのはいただけない。どうせ先を考えるなら百年先レベルで考える方がいい。大学や就職先に合格するためだけに好きなことの全部を長年我慢し、身を粉にして勉強して、合格した途端サラサラと砂のように崩れてしまう子を見かけるとせつなかった。毎日寝て食べて、一日一回笑えれば人生なんとかなるものだ。そのうえ好きなことがひとつでも見つかれば、たいがいのことは我慢できる。

試験は苦痛に思えるが、身分に関係なく受験できて、優秀なら任用される試験＝科挙は古代中国の大発明だった。合格した優秀な人々は天から与えられた能力を民のために使う人なので尊敬された。どうすればより多くの人が幸せに生きられるか、戦争しないですむか、なぜ人は生きるのかを考えるのが学問の目的で、人間を知る上で文学や音楽は大切にされた。自然科学と実用偏重の現代日本、どうせなら格好いい学問しよう！

（2016．1）

…と書きながら、結局いまだに行き当たりばったり。

「あさが来た」あれこれ

信次郎か五代か、いまや世論はまっぷたつ、ってほどじゃないけどＮＨＫ「あさが来た」は面白い。再び我が家に晩ご飯＆朝ドラ時間が戻ってきた。

うちの女子は信次郎派だが、世間では五代が超人気らしい。芸事好きで商売にはてんで興味はないが豊かな江戸文化の象徴みたいな信次郎と、文明開化の近代人の五代。回復呪文の得意な吟遊詩人と商人スキルを持つ戦士、好対照な二人の男に守られ、ヒロインあさは実業家、教育者として明治に輝く女勇者だ。あさとは光と影のような姉、はつもいい。史実では婚家が没落後25歳で亡くなったらしいが、ドラマを見る限り、夫の惣兵衛と、お金で動く世界じゃなく自然や土と生きる別の幸福モデルとして輝きそうな予感。

調べてみると五代は実在の人。あの大久保利通の盟友で、東の渋沢栄一、西の五代友厚と言われた経済界の超大物。この人たちは地味だけどえらいのだ。仕事に私情を持ち込まず、借金してまで公の利益を優先させた明治の功労者。史実ではあさとの交流は不明だが、原案の小説には少し登場して、彼女を励ます役目。それをドラマで大抜擢《ばってき》してブレイク中というわけだ。

事実や原案にない創作の部分にこそ、ドラマの作り手の意志や時代のニーズが表れるもの。今回は、単に商売での成功だけにとどまらず、プラスαの価値観について、脇役陣の生き方からチラリと見えるのもいい。

さてドラマ原案『小説　土佐堀川―女性実業家・広岡浅子の生涯』の著者は弘前出身の古川《ふるかわ》智映子《ちえこ》（本名　古川《こがわ》ぬい）さん。実は3年前に急な代打で『東北近代文学事典』（勉誠出版　平成25年）の彼女の項目の執筆を頼まれた私。津軽書房の伊藤さんのご協力でご本人に電話取材する機会もあった。ラッキーである。

古川さんは昭和7年弘前生まれ。県立弘前中央高校、東京女子大学を卒業し、国立国語研究所に勤務後、武蔵野高校の教師になるも、退職して小説家デビュー。これは56歳の時の作だが、他にも満天姫や勤皇の女志士や葛西善蔵の愛人など、激動の時代を生き抜いた知られざる女の一代記が得意だ。そこには弘中央で身につけた教養と気概とが強く影響しているように感じた。下の学年に画家の佐野ぬいさん、書道家の吉澤秀香さん、教育者の佐藤きむさんらもいる。この時代の弘前の女学生、あさ並みの女勇者ばかりなのだった。

（2016．2）

半世紀ヒロサキシミンゲキジョー

と書くと「新世紀ヱヴァンゲリヲン」みたい。だって半世紀ですよ？　弘前市民劇場、今年の5月で50年を迎える。私が生まれる前からある。すごいな。

弘前市民劇場ってどこの劇場？　と、建物を思い浮かべて首をかしげるあなた。そういうんじゃないの、人の集まりなんです。「演劇が好き！　本物の演劇が観たい」という老若男女が五百人以上集まって〈ザ・弘前市民劇場〉なわけ。【会員自身の企画と運営によって、よい演劇を安くみんなで観ていこう】と1966年5月に発足した津軽で唯一の会員制の演劇鑑賞団体、なんだそうです。「ああ東京行って本物の演劇が観てぇなあ」「したばって東京遠いもん」「んだ」「せば呼ぶが？来てもらってみんなで観るべし」「すったごとでぎるべが？」「やってみねばわがんね」「よしやるべ！」目を閉じれば都会に行けず津軽に残った純朴可憐な60年代の若人たちの声がきこえる……（妄想モード全開）

月々2600円積立てて2ヶ月に一度例会という名の上演があるから一回あたり5200円。観劇のための交通費とチケット代を考えれば超激安だ。しかも東京の大劇場と違い弘前市民会館はどの席でも舞台がすみずみよく見える。安さのヒミツは「自分たちの手で」というところだけど、自分たちで企画するってことは好きな演劇を呼べるわけで、搬出搬入や運営も自分たち、ってことは演劇関係者や俳優の皆さんと直接お話できちゃう特典付きなのだ。逆においしい。

私は入会3年。仕事や子育てしてた時は忙しくて入れなかった。年6回の公演の中には、感動爆発、みたいな回がある一方、自分の趣味と違うな、という回もある。でも苦手なものを知るのも案外大事だし、食わず嫌いだったのが意外と面白かったりして楽しい。どうしても行けない時期が続いた時があって、もったいないからやめちゃおうか、と思った時もあったけど、大学病院向かいの市民劇場事務所に行って、Hさんに「あらーよくきたねーっ」とまぶしい笑顔と輝く声で迎えられると、あ、もうちょっと、と思い直す。ピュアに演劇が好きで関わってるとこんなに生き生き元気でいられるんだなあ。演劇の持つ力って不思議だ。

てなわけで皆様入会お待ちしてます。大学生なんか月1000円だよ？　中高生は500円！　いま脱日常するなら、スマホより生の演劇ですってば！

（2016.3）

☺ 弘前市民劇場のおかげで平幹二朗の「王女メディア」が見れた。若松武史さんも出演。

太宰の「碧雲荘」九州へ

九州？　一瞬耳を疑った。

杉並区の碧雲荘《へきうんそう》。太宰治が間借りし、「富嶽百景」にも描かれた東京都内の高級下宿である。その碧雲荘が解体されて大分の湯布院に行くことに決まった。ほとんど急転直下といっていい。

12月に東京で「杉並区から『いくら署名を持ってきても無駄ですよ』と言われてね」と話して下さった〈荻窪の歴史文化を育てる会〉の岩下会長。「せっかく署名たくさん送ってくださったのに、力及ばずで申し訳ない」と少しお疲れのご様子だった。それから2ヶ月、2月17日にネットと新聞で九州移築の発表があった。

碧雲荘所有者、田中利枝子さんと杉並区の契約は今年4月末までに更地にするというもので、もはや移築以外方法は無く、このまま取り壊しかと思われたぎりぎりで、由布市の旅館経営者、橋本律子さんから、移築して文学館として活用したいと申し入れがありトントン拍子で話が決まったのだという。

大分といえば三鷹の太宰朗読家の原きよさんの地元だ。大分放送のアナウンサーだった彼女の紹介で決まったのかと思いきや、正真正銘の偶然。こんなことってあるのね、と上気する彼女の電話を嬉しく聞いた。とにかく壊されなくて本当によかった。いよいよ太宰、九州初上陸である。大鰐温泉や浅虫温泉が大好きだった太宰のこと、由布院温泉に入りたくなったんだな。

今回、碧雲荘保存のために様々な方々に署名していただいた。紙面を借りてお礼申し上げます。青森からの予想以上の署名は杉並区を動かすことはできなかったけど、保存活動した方々にはきっと勇気を与え、活路を開く力になったはず。と偉そうにいいつつ、こういうのが苦手な私に代わり、一番たくさん署名を集めてくださったのは太宰まなびの家前館長、片山良子さんだった。かつて太宰下宿を残すため小野正文先生や故郷の先輩方がどんなふうに駆け回ったかも教えてくださった。杉並に碧雲荘は残せなかったが、逆にまなびの家が弘前に残ったことがどれだけ貴重で稀な例かを思い知った。古い建物を残せる弘前、素敵である。

正直、故郷青森に移築する手もあったのかとも思った。でも東京の碧雲荘は雪国仕様じゃない。これでよかったんだ。九州に新たに太宰の拠点ができたわけで、みんなで一緒に由布院に太宰ツアーしよう！

（２０１６．４）

☺片山さん、あのときはお世話になりました。由布院行きましょう。

写真と言葉と造本と〜森山・寺山・町口・天内〜

表紙が変わった。月刊「弘前」一月号の古ポンプから、雪まみれ車、ぬかるみ……昨年の藤田則昭さんの風景写真も好きだったが、今度の天内勝美さんの写真、癖があって面白い。一目でわかる観光写真とは別次元の弘前の日常、生活の一瞬を語る。ユーモアとじょっぱりの匂いもする。お会いしてみたいと思っていた矢先、資料館あすかで藤崎フォトクラブ写真展があり、天内さんの作品を発見した。亡き友のカメラで撮影した連作は無言の津軽巡礼物語、友への鎮魂歌だった。この手の写真を前にすると、こりゃ言葉をどんなに尽くしても敵わないよね、と胸がぎゅっと絞られる。

さて先月5日から三沢の寺山修司記念館で森山大道写真展「裏町人生〜寺山修司」が始まった。世界的超スター写真家・森山。77才の今も現役で各地の路地裏を歩き回り、膨大な写真をビシバシ撮り続けている。中学時代から太宰治を愛読、若き日に寺山修司にその才能を見いだされた森山の写真と、寺山の幻の名エッセー「スポーツ版裏町人生」をコラボし、世界無双の破格の美本をつくったのがグラフィックデザイナーで造本家の町口覚。

写真集「Daido Moriyama:Terayama」は先に英語版が出版され、昨年11月パリフォト（世界最大級アートフェア）に出品するや、売れに売れ、もし会期中あのパリのテロがなければ完売の勢いだったという。恐るべし世界の森山&寺山。そして今、日本語版出版を記念して写真展が三沢で開幕したわけ。

この写真集、手にした瞬間から五感、六感がざわめく。表紙、紙質、横縦に並んだ文字の形と大きさ、空白。言葉と写真がうごめき、目から耳から指から囁《ささや》きかけてくる。まるで紙上ボクシングか演劇のように自分に世界がなだれ込む。この本を青森から販売展開したいと町口氏の会社の永瀬社長に言われた時は、まじ？ と耳を疑った。うれしかった。かくて4月4日、寺山生誕地の弘前の地に降り立った町口覚氏、FMアップルウェーブご出演。（なんと初のラジオ生出演）ジュンク堂と紀伊國屋書店に本が置かれると、記念すべき一冊目をM新報K部長が私費でお買い上げ。実は今回、青森の各メディアに本と展示をご紹介した時、〝世界の森山〟に即反応したのがK氏のみ。「だって森山さん、私の写真の師匠のアイドルですから」で、その師匠というのが天内さんだった。世界狭っ！（続）

（2016．5）

☺ 本にとって装丁やデザインがどんなに大事か、教えてくれたのが町口覚さんだった。

太宰は世界にモテている〜町口覚版『ヴィヨンの妻』考〜

6月は太宰。日本いや世界から津軽めざして太宰ファンがやって来る。二年前、金木の太宰疎開の家で、韓国女子二人とお喋《しゃべ》りしたことがあって（もちろん日本語で）彼女たちが、太宰全集を翻訳しているのと言ってたが、昨年末とうとう10巻完成とのニュースが舞い込んだ。韓国で日本人作家全集が出たのは太宰が初！

昨年春は中国のムック本『知日』取材班が青森県にやってきた。知識人向けの別冊「太陽」＆「宝島」みたいな感じかな。この雑誌で特集された日本作家の第一号が太宰。来日した美人中国女子編集者たちは、弘前はじめ日本中のゆかりの地で綿密な取材をしていった。彼女たちの斬り込みは広く深く鋭く、時に王道ミーハー、時に本格学術的。太宰好きでたまらないオーラが出てた。モテる。モテすぎているぞ太宰。

さて世界的写真家、森山大道と寺山修司のエッセイをコラボし、写真集『Daido Moriyama:Terayama』をつくった出版人《パブリッシャー》の町口覚のロングインタビューがなんとその『知日』にあった。それもたっぷり3ページ。実は町口氏は一昨年、太宰の「ヴィヨンの妻」に森山大道の写真をぶっつけた本をつくっていたのだ。「太宰の小説は、僕が、嗅覚や視覚を通して感知し記憶した戦後のイメージと、ぴたりと符合する」と語る森山も太宰ファン。この英語版と日本語版、発売するや完売の大人気。今はもう買えやしない。

ネットで探してやっと手に入れたのは英語版だった。英語苦手だけど「ヴィヨンの妻」は知ってるからなんとなく読める。桜イメージのふわふわの表紙。タイポグラフィー～書体と大小の字配り～の妙で、英語になった太宰の言葉がページ上に美しく展開し、そこに戦後の匂いが染みついた森山の白黒写真が無言ではさまる。太宰の女語りと森山のとらえた戦後の日本人の生の断片が、螺旋《らせん》のように絡まりあって物語を奏でながら例のラスト〈生きていさえいればいいのよ〉にすっと収まる。こんなアヴァンギャルドな太宰は見たことない。言葉と写真を血肉に染みこむほど読み込んだであろう本の匠、町口覚の紙とインクだけを使ったこの極上の演出、いや魔術、ただごとじゃない。先ごろ中国語版も出版、記念イベントが北京で開催され、韓国でも出版したいという話もあるとか。それはいい！

……だが先に日本語版を再版してほしいのであるよ。

（2016．6）

町口さん「直木賞と芥川賞って装丁でだいたいわかる」って、ほんとに的中させてた。

「知の城」弘前図書館

子供の頃、本は借りるものだった。本は引っ越しの荷物になる。転校してまず探すのは町の図書館、それから公園か林。どんな見知らぬ土地でも、古い本や大樹が並ぶ場所は不思議と落ち着いた。そこには教室や街角とは違うスケールの時間が流れ、子供部屋のない借家暮らしの私の大切な居場所になった。何かあるたび、遠い昔の人たちの言葉や夕陽にきらめく木々に救われた。たいしたことないよ、って。

お城のある公園、たくさんの蔵書のある図書館、戦前の建物が多く残る弘前は、そういう意味でも住みよい町だった。先人の思いと時間の積み重なった静かな場所には、お金や効率では測りきれない空間で、現在利用する人の便利や利益のためだけにあるわけではない、という威厳さえ感じた。街や市民の暮らしが枝や葉なら、学校や図書館はたぶん根にあたる地味な存在だけど、それを大切にするからこそ弘前、といえるほど深さと重さがあった。奇跡的に空襲も受けず、110年の歴史を持つ弘前図書館。長い年月をかけ、年輪を刻むようにして成長した蔵書と美しい建物。温故知新のイベントが次々発想できるのも、この過去と現在、未来をつなぎ伝える、豊かで長い使命を持った図書館が「知の城」として生きてるからだなあ。

かつて中国を統一した秦《しん》の始皇帝は「焚書坑儒《ふんしょこうじゅ》」をした。民に文字も学問も必要ない、知恵がつけば働かなくなると、実用書以外の本を焼きまくり、反対した学者を殺した。それで一代で滅びた。秦の失敗に学んだ漢王朝は文化や学術を大切にし、宮廷に蔵書処を作って本の収集、古典の復刻、整理をした。そこに賢者を雇い、手厚く待遇した。中国最初の図書館である。

日本の戦国時代を最後に制した徳川家康は無類の読書好きで、古典を収集し「文庫」という図書館を次々つくったが、きっとこの歴史を知っていて、目先の利より天下泰平を願い本や文庫を大切にしたんだろう。

さて日本で指定管理者制度が始まり13年。効率主義が日本中を吹き荒れる中、公の手で図書館を守り続ける弘前は世界都市レベル、かっこいいと思ってた。そう、エジプトやギリシア、ローマなど古今東西、長く平和を保った世界都市には公が運営する開かれた立派な図書館が必ずあったのだ。え？　指定管理やるの？（続）

（2016．7）

☺ 旧図書館の中には地元の貴重な同人誌が展示されていて、見るたびにいろいろ発見する。

二つの城は守るべし

ねぷたの季節だ。いま弘前は天守の曳屋《ひきや》やりんご王国、岩木山や魔女など多彩な展開をみせている。検定や路地裏探偵で足元の歴史を再発見した頃からぐんぐん盛り上がり、震災の年は日本中がイベント自粛する中で「さくらまつりやる！」と言い出して完全に勢いづいた。なにせ苦境こそ根拠のない余裕と遊び心で乗りきるじょっぱり揃い。城の石垣を直すのも、前川建築の保存も、市民の声と公がよく力を合わせ、未来の弘前人に誇りを残そうとする姿にみえて、好きだ。

これら温故知新の動きが活発にできるのも、どーんと構える「知の城」弘前図書館があるからだろう。今や弘前城と並んで旧図書館は観光シンボルタワー。1906年、日露戦争で利益を得た堀江佐吉ら5人の篤志家が費用を出して建設、今年は110年の節目だ。日露戦争では弘前の師団は最も危険な地に送られ、多くの犠牲者が出た。戦争で儲《もう》けた金を市民のための図書館に使うという発想に、戦争犠牲者への追悼と平和への願いが込められている気がしてならない。だって日本やロシアや世界中の本が仲良く並べられる図書館こそ、世の中がより住みよくなる方法をじっくり考える場所だと思うから。

弘前は幸い空襲を受けず、本や資料は戦後も大切にされ、図書館の職員や後援会は、たとえ万人が読まなくても価値があると思った本や郷土資料を選び、保存し、広めることにも力を入れていた。

さて「公の文化施設を民間の力で活性化させ、利用者へのサービス向上を」という美辞麗句がすでになんか怪しい指定管理者制度。都会は知らないが、青森ではやって前よりよくなった例を聞かない。結局は人員削減、職員の給料減、労働時間は増、優秀な司書や学芸員が職を失ったり、指定管理する側も身銭を切って苦労している姿ばかり見る。文化の根っこが疲れて、殺伐としてないかい？　と思ってたら、国は大学の人文学部まで無くす話まで。マジか……。

図書館指定管理で弘前は年間一千万円コストダウンできるらしい。けど逆に別予算を削ってでも人員削減せず、世界の文化都市みたいに専門職公務員を増やす作戦に出るのもかっこいい。弘前城と図書館、この街にとって大事な二つの城は、未来の市民のために目先のコストや利益より長ーい目で市が大切に守る方が弘前らしいと思うんですけど。余計なお世話か……。

（2016．8）


（－－）いまや指定管理でない県内の公立図書館は県立図書館と八戸や五所川原ぐらいでしょうか。

図書館から路地裏へ

弘前図書館のことを書いたら、感想をいただいた。

「小さいころ、市民会館の向かいの図書館に通って、受付のお姉さんと親しくなりました。大人になって、今の職場の隣なので、そこで再会!〝貴方、小さいころ、よく来てたよね〜〟と覚えていてくれて嬉しかったことを思い出します」

少年とお姉さんのやりとり、まるで小説や映画のワンシーンみたいに鮮やかで、あったかい。続けて、

「津軽ひろさき検定のテキストを編集していた頃は、1年間ほぼ毎日図書館にいました。あの時、ある瞬間、ここに眠っている本の中の逸話をもう一度世に出せ!と神様からのお告げのようなものを感じました」

そう、これは弘前路地裏探偵団の鹿田団長さんからのご感想。路地裏探偵団は、いまや弘前から県内外に飛び出し、地域おこしに観光にと各方面で大活躍中だ。しかも単なるお国自慢じゃない。私たちの暮らしや町がたくさんの古い物語の続きにあるということ、そ

して現在進行形で未来につながってることを探り、伝え続ける探偵団の日々そのものがすでに「物語」であるわけで、そのベースが本当に〝知の城〟弘前図書館にあったと知った私は、なんだかとっても感激した。

図書館には、長い間だれにも開かれず月日が過ぎ、百年後のたった一人に読まれることで、ふと命を吹き返して輝き出す眠り姫のような本がある。ある種の本には時空を超えて人々の心を支える力があって、図書館は無料貸本屋ではなく、力ある本を後世に守り伝えるタイムトラベル基地でもあるのだ。じゃあどんな本を買い、残すべきか決めるのは難しい。多く売れたとか貸し出されたからいいというものでもない。今どんな本を読んだらいいのかも迷う。だからこそ図書館には本のソムリエ、優秀な司書さんが必要で、その地位と職をみんな、つまり公で守っていくことも大事だ。建物、本、人が揃ってこその知の城だもの。確かに短いスパンなら経済効率は悪い。けど弘前の先輩達はすごく長い目で考え、未来のため大切なお金を使って図書館を残してくれた。実際、そこに通ったひとりの少年が、こんな風に古い本たちに出会い、そこから路地裏に出て、弘前を愉快に元気にしてくれているんだもの！　シビック・プライドの源泉、市民図書館を市民の手でどう守り生かし伝えていくか考えなくちゃね。

（2016．9）

☺ 路地裏探偵団に一度、弘前を案内してもらいたいという夢、早急に実現させたい。

口寄せ、引き寄せ、ナゾの渋谷

ある日突然、新聞社経由で本が送られてきた。ジァンジァンの元劇場主、高嶋進さんの新刊だ。東京渋谷の出版元・左右社のX氏からだという。X氏は、先日来県した折にたまたま東奥日報に私が書いた「サンキューパルコ、渋谷の巻」を読んだとか、面白かったと新聞社にわざわざ電話をかけてくれたらしい。文中にジァンジァンが出てきたので、私に高嶋さんの本をぜひ届けてほしいと電話は切れた。ところがその電話の主X氏の名前が分からない、と記者が謝る。送られてきた本には著者名しか無かったらしいのだ。うわ、X氏って誰？ この世の人？

金曜エッセイ「ペンのしずく」は5名によるリレーエッセイ。私は「青森ヒミツ口寄せ会議」などという、嘘か現実か、そもそもエッセイなのかもわからんものを書いている。太宰治や寺山修司などアチラの世界の住人が次々にやかましく登場するのだ。

当初半年で5回終了予定が延期となり、じゃあ取り壊されるパルコ劇場に捧げようと渋谷編を加えた。

パルコ隣にあったのが伝説の小劇場ジァンジァン。美輪明宏、永六輔、忌野清志郎のほか、淡谷のり子、高橋竹山、矢野顕子、伊奈かっぺいなど津軽人もわんさと出演したことでも知られ、アングラ聖地とも呼ばれたらしい。寺山没後は追悼イベントも行われている。その地下小劇場の毎夜の人気と熱気が西武の堤社長の目に留まり、西武百貨店最上階に劇場、後のパルコ劇場ができる。地と天、2つの劇場から多くの才能が生まれた渋谷は世界の文化発信地へと変身してゆく。

でも、パルコで私が芝居を観たのは去年1度きり。ジァンジァンは行ったこともない。せめてパルコの最後を見届けたかったな、と想って書いた。でも書いたからって、まさか劇場主の本が送られて来る……？

思えば4月1日、まさに口寄せにふさわしい連載開始日だったのだ。「これでもエッセイか？」と苦情がきたらすぐ「うっそぴょーん（死語）」と言って連載を辞められるではないか。だがあの日からずっと毎回必ず何かある。詳しくは割愛するが、行きあたりばったりで書いてるはずなのに、同じ紙面で、現実世界で、まるで誰かが計算しているかのように偶然何かが起きる。もう怖くて今さら普通のエッセイに戻せない……

というわけで、口寄せ会議、しばらく続きます。

（2016．10）

このX氏の正体は、高嶋進さん本人でした！

『君の名は。』考

いい物語は数式に似ている。XやYに自分や世界のかけらを代入していくと読む方の心に記憶が蘇《よみがえ》り、世界が立ち上がり、感情が呼ばれ、自分と世界の新しいつながりや関係が生まれる。メガヒットアニメ映画『君の名は。』にも美しい数式が複雑にひそんでいた。

かつて村上春樹をかなり読んでいたときがあって、「4月のある晴れた朝に100パーセントの女の子に出会うことについて」というやたら長い題のひどく短い話が好きだった。とある日、ただ男と女がすれ違うだけの話。別に何の事件も起きず、起きたとすれば時空を越えた〝僕〟の想像力、遠く微かな記憶だけ。誰でも書けそうなあっさりした話だし、どこがそんなによかったかさっぱり説明できないのに、読後、ただそのすれ違う一瞬の光景、鮮やかな残像が焼きついた。

あの短編が時代と新たに結びついて反応し、後に村上の長編『1Q84』が、そして43才の新海誠監督の『君の名は。』が生まれたんじゃないかとさえ思う。

わけもわからず生まれてきて、ずっと何かを誰かを探している気がするのに思い出せず、日々の中ですごく大切なことを忘れて生きてる……。感覚の濃淡はあっても、そんな後ろめたさや孤独を感じることは誰にでもあるだろう。夢と現実、生と死のあいまいな境目を往き来しながら、文字や音や絵を使って世界をつくり、人はいつも足りない何かを探し続けている。

さて震災から五年。みんな、ほんとうはまだ深く傷ついているし、問題が何ひとつ解決されていないことも知っている。だが知りつつ見ないふりをするから傷は癒えない。〝忘却とは忘れ去ることなり〟とは戦後流行した本家ラジオドラマ「君の名は」の言葉だが、あまりにむごい傷跡の前では、いっそ無かったことにしよう、忘れようと無理に逃避するのも人間なのか。

でもどんなに目や耳をふさいでも「忘れてしまっていいの?」という魂からの呼び声は消えない。救いたかった大切な人や場所への無念も簡単に消せない。この映画は過去や時代から目をそらさず、むしろ痛いほど寄りそう。そして思春期の平凡な男の子と女の子のただ相手を好きだという想いだけが世界を救う、という純朴な方程式をそっと置く。影に潜む〝救いたい〟という声。透明な願いは優しく包むように問いかける数式だ。僕らはまだ未来を変えられるだろうか、と。

（2016.11）

この後新海監督の映画は全部見た。『天気の子』には永山則夫事件が反映されているそうだ。

巡礼の旅路

12月1日は父の誕生日。生きていれば75歳だ。彼の生まれた一週間後に太平洋戦争が始まっているから、ぎりぎり戦前生まれか。70歳で倒れて丸一年間植物状態で過ごし、それから旅立った。

ベッドで苦しそうに目を開けたまま眠り続けた父〝好きなことはできるうちにしておけよ〟という言葉を全力で私に伝えてくれていた。あれからずっと、父の人生とはなんだったのか、とくりかえし考えながら四年が過ぎ、気がつくと私は東京で『骨風』という演劇に関わっている。ゲージツ家のクマさんこと篠原勝之さんの著作で、昨年泉鏡花賞を受賞した小説を舞台化したもの。なぜそんなことに関わるかという理由を説明しようとしても、それは〝なぜあなたは生きるのか〟と同じぐらいの難問だ。どうにかして一言で言うとしたら、それは〝父の巡礼〟ということだろうか。

人生は一度きり、とか、人生は出会いが全て、とか、そんなこと知ってるし、耳にタコができるほど聞いてきた。でもそれは聞いていただけで、わかっているのとは違う。この肉体のすみずみまでわかるというのは、痛みを伴う体験をして初めて「ああ」と思い当たるもの。それも少しずつ、少しずつで、終わりはない。

父は遠くに行くかと思いきや、私の中にいる。生きている時よりずっと近い。父親っ子では全くなかったし、肉親を好き嫌いのものさしで測れないが、祖父母も伯父も、姑《しゅうとめ》まで自分の中にちゃんといる。私が生きることは彼らも生き続けること。そんな不思議な実感を抱えながら偶然めぐりあった『骨風』。この作品にもそういうことが真剣に書いてあった。巡礼は死者のためにするのではない。残された者の再生のための旅。その旅で得た言葉をまだ見ぬ誰かに届けようとする行為を小説と呼ぶのかもしれない。

ある種の文学、音楽、美術、演劇は、社会や個人の傷に生じる〝かさぶた〟だ。先人や死者、植物や鉱物などのきこえない声をきき、みえないものを見る行為。子供時代の自分と和解する作業。自分や他人の命に問いかける手段……。とにかく向き合うためには覚悟していろんなものを一度断ち切り、ひとりになることも必要で、そのためにずいぶん迷い、不義理もした。

時間とお金と手間を何にかけるのかは結局、命を何に使うかということ。

そう知った一年が、暮れる。

（２０１６．12）

☺ 父も生きてれば今年は 80 歳。数年前、初めて恐山で口寄せしてもらった。元気そうだった。

み
小路
DyDo

半世紀なのだ

ずっと青森暮らしだった。それで満足だった。

だがここ数年、たびたび東京にでかける。やっと見たいもの、知りたいことが山ほど見つかったのだ。

それまで東京に行ったのは修学旅行と就職活動の時ぐらい。今では信じられないが、私が大学生の頃は求人票はあふれ、就職活動に行くだけで飛行機代で旅費がもらえたり、会社の人に食事に連れて行ってもらえるというので、バイトがわりにたくさん会社を受けて小遣い稼ぎをする友人までいた。

それで私もものは試しと会社を3社ほど受けてみたのだ。その頃はまだ青森から東京までの新幹線も深夜バスもなかったし、飛行機は高かった。列車で上京、それも寝台車でなく、夜行の急行八甲田だったかな。ボックス席に座ると、すぐにワンカップのふたを開け、イカの乾物や燻製《くんせい》を出して飲み出すおじさんたちがたくさんいた。特に東京から青森の帰りの列車では、通路に新聞紙を敷いて本格的に宴会を始める人までいたものだ。ゴトンガタンと揺れる列車、酒と煙草とイカの匂いに包まれて眠れず、車窓越しに遠くの朝日をながめたりした。

コンピュータ会社と小さな広告代理店を受けて内定をもらった。でも人生は霧に包まれ、東京で何がしたいということも無く、というか人生に特に夢も希望も無く、後にバブルと呼ばれるその時代の波に乗れず、世の中をひどく醒《さ》めた目で見ていた。何かが決定的に間違ってる、そんなに簡単に儲かる話があるだろうか、そもそも儲かるってどういうことだ……昔話を読んで育ったせいで〝苦あれば楽あり、楽あれば苦あり〟式思考を持ってたへそ曲がりで生意気だった私は、結局都会の就職内定を断り、地元で教員になった。

その教師の仕事も40歳で辞めた。なぜと聞かれても当時は答えることができなかった。仕事が嫌いなわけではなかったけど、今辞めないと後悔するという変な直感だけはあった。その結果どうなったかを10年経ったら書いてみたいと思っていた。

今年いよいよ50歳になる。なんたる月日の早さ！　子育てと介護が一段落してまた別の視界が開けてきた。家族との平凡でおだやかな日々のありがたみを感じながら、一方で激動のこの10年を振り返り、針路を考える大切な節目の年にしようと思う。

（2017．1）

このときは気負ってたけど、50歳すぎてもあんまり成長がない。老眼は順調に進んだ。

私をバルに連れてって

おお、青森山田サッカー日本一っ！　青森の若人、ホントよくがんばってるなあ。スポーツの世界でも音楽の世界でも、といってもピコ太郎のことじゃない。県高文連の選抜吹奏楽団が昨年7月、スペインのバレンシア国際吹奏楽コンクールでなんと最高賞を獲得したのだ。45人中、弘前からは弘高、実業、南、中央高などから計20人余が参加した。

この音楽祭、厳正なビデオ予選を通過した6組だけが本番演奏できる。その中での最高賞、は日本人初！すごいぞ高校生！

でも誰がエライって、海外遠征を思いつき、1995年に始め、それを続けてきた県内の高校の吹奏楽部の先生方がエライ。今回で7回目だという。

県内全高校から希望者を募り月イチで小川原湖合宿をしてモーレッツ練習を重ねてスペインをめざした。だが11月にパリの大規模テロが起きた。緊急説明会を開くというから、こりゃ中止かなとあきらめていたのだが……

「外務省によれば現在スペインの危険度は〝スリ注意〟レベルです。絶対安全なんてことはありませんが、テロが起きる可能性は低い。それで引率の教員団でよくよく話し合い、結局、あきらめないことに決めました。もちろん参加は生徒のみなさんの自由です。辞退しても構いません。ただ、世界の人たちと一緒に演奏できて、帰国してきたときの成長ぶり……ホントにすごいんですよ。あの笑顔を見るたび、毎回この行事を続けてよかったと私たちは思います。だからチャンスがあるなら連れて行きたいし、希望は捨てたくないんです。ほんとに人生の宝になるのだから……」とのこと。

うむ、リスクのない挑戦なんてない。正直で誠意あるお話で、引率の先生方の覚悟がみしみし伝わってきた。出発までの波乱と緊張、でもピンチこそチャンス、みんな最高の笑顔と栄誉をおみやげに無事帰国した。

さて、これを追っかけ、私は相方とスペインへ。まんまと海外初二人旅、おかげで夏の街角のバルで飲めた。(そこが目的か)

おいしかったなあ。やっとバルって何だかわかったぞ。音楽も酒も世界共通語、というわけで弘前の冬バルにも行ってみようっと。

(2017.2)

そうそう、この頃ピコ太郎が世界中でバズってた。…またスペイン行きたいなあ。

みんな弘前においでよ

毎朝チラージンS、という薬を飲んでいる。飲み始めてかれこれ20年近い。飲むとき、いつも心に浮かぶのが、あすか製薬工場とそこで働く人たちのこと。いつか工場見学に行きたいな、と思って6年経つ。

薬は甲状腺ホルモン。免疫と元気のもとで、のどをおおう大きな蝶のかたちの甲状腺から出るはずのホルモン。癌《がん》で甲状腺を全摘したのが34歳、二度目の出産の翌年だ。産んだ後でよかった。発見が遅れた分リンパ節まで転移してたけど、若くてチャレンジャーだった担当医が手術で根気よく取り除いてくれた。さらに小豆大ぐらいの副甲状腺を残すという挑戦までしてくれた。つくづくラッキーだった。副甲状腺があるおかげで大量のカルシウム剤を飲まなくていいのだ。その担当医の上司の医師は、私の首にがっつりできたカギ型の傷跡を見て「こんなに汚く大きく切るヤツがあるか！」と激怒してたけど、見た目なんかどうだっていいので手術しやすいように切って、と頼んだのは私だもの。ヴィヨンの妻じゃないが、生きてさえいればいいのよ。そしてまだ生きている。

突然、その薬が生産中止になった。6年前。

震災で工場がひどい被害を受け、薬の生産再開のめどが立たず、このままだと1ヶ月で国内の在庫が無くなる。生産再開まで譲り合い、3ヶ月処方をやめて短期処方してしのぐことになった、なるべく多くの患者さんが飲めるように、と病院の先生が丁寧にそう説明してくださって、初めてチラージン工場が国内たった一か所、福島県いわき市にしかないことを知った。

四月の末、再び3ヶ月分の薬を無事に手にできた時は涙ちびり。まだライフラインも復旧しきらない混乱の中、誰がどんな日々の中でつくってくれたのか。

私の命を支えてくれている福島。そこで暮らす子どもたちの甲状腺癌が増えているというニュースを見聞きするたび、胸も首の傷もすごくいたむ。大人でも怖くて痛かった。手術したら一生薬を飲む身体になり、その工場は福島にひとつだけ。甲状腺の薬を他会社がつくらないのは薬価が安くて儲からないかららしい。福島や原発の安全については研究者の論議は尽きない。納得できる日まで、子どもたちも工場も働く人も、まとめてみんな弘前に連れてこられたらいいのに。農地もあるから農家の人も、もちろんDASH村もね。

（2017．3）

ちいさな映画館

まちなかに映画館がないというのが弘前の傷だね、と、つぶやいたのは誰だっけ。

春の雪が残るこの町の学校に赴任してすぐ「ここはいいわよ。だって仕事帰りにマリオンに寄れるから」と美人の先輩が微笑んで、それがこの町で働くことの最初の印象になった。

朝から仕事して、午後に時間給をとって、ちいさな映画館の扉をあける。暗闇に開いた窓からまだ知らない世界の物語の空へとぶ。そんな『絵のない絵本』の月になったようにして過ごす時間がたまにあれば、きっと日常のたいがいの仕事はふわりと軽やかにやり過ごせるのだろうなと、先輩のきらきらする瞳をみて思った。教科書よりずっと広い世界を知る先生たちがたくさん働く当時の職場の空気は心地よかった。

でも一度も行かないうちにその映画館は煙のように消えてしまった。幻のちいさな映画館。

土手町で映画が見れたらいいよね、ルネスとか中三あたりでね、という声がマリオンの消えた街角で時々思い出したようにささやかれる。そんなみんなの夢を時々叶《かな》えてくれるのが harappa 映画館の人たちだ。

第24回 harappa 映画館は「ドキュメンタリー最前線2017—私たちは、人間と出会う」をテーマに3本。私は『袴田巌《はかまだいわお》　夢の間の夢の中』から観た。元ボクサーの冤罪《えんざい》事件。48年も獄中で過ごし、死刑囚という現実を受けいれきれず自ら創造した物語を生きる巌さんと、彼を信じて見まもり寄り添うお姉さん。安全を守ってくれるはずの社会システムが一度ひっくり返る時、あまりに個人は無力だ。そんな不条理をあきらめなかった二人に、やっと訪れた穏やかな日常。袴田さんが笑顔と自由を取り戻すまでの1年を追う映像は温かく静かで、生きるとはどういうことかをシンプルに問う。

うってかわって佐村河内守をめぐる『FAKE』は虚実のジェットコースター、何がホントで何がウソなのか、もうさっぱりわけがわからない。日々電波を介して与えられる離乳食や菓子みたいな情報を、ただ呑《の》みこむんじゃなく、ちゃんと世界を全身で受けとめて噛《か》みしめてみてはどうかねと暗闇に開いた窓が嗤《わら》う。

会場は熱気の満席。こういう映画を持ってきてくれる人と、それを観たい人がこんなにいる町なんです、と、ここで暮らし始める人に伝えたくなる春だ。　（2017．4）

映画につられてとうとう harappa 会員になった。土手町に映画館、ほしいなあ。

かんどかい、百年

かんごかい、と母の口から語られるとき、それは桜の下の魔法の密会のように幼い私の耳に響いた。それが観桜会が訛《なま》ったもの、つまりお花見のことだとわかったのはずっとずっと後になってからのことだが「弘前公園へお花見に」というのと「お城さ、カンゴカイさ」というのではやはり魔力がまるで違う。

岩木山の麓《ふもと》から弘前のお城まで一番最初は牛に車引がせて行ったの。のろくてのろくて、そのあと馬買って、馬は速いけど途中で立ち止まって馬の糞《ふん》ぼとぼとって、くさくてねえ。その後は耕耘機《こううん》、トラック……。そう、荷台に家族みんな14人も乗って行ったもんだよ。それから乗用車……　鮮明な母のおとぎ話は続く。

かんごかいさ行くってせば、いい服来て、でも私はチビで桜なんか何も見えなくて、砂《すな》埃《ぼこり》の中で目ぇこすりながら、やっぱり花より団子だの。ガサエビ、ガニ、ハゼキミ、バナナ、木下大サーカス、見世物小屋……。

新しいマリをひとつ買ってもらうのが一番の楽しみで、してもお婆ちゃだぢ、花さ見とれで騒いで肝心のマリを売ってる店の前ば通り過ぎでまったの。それでゴンボ掘った掘った……、地面さひっくり返って泣いだ泣いだ……。普段はおとなしくて、いるんだかいねんだが、わかんないような子どもが急にそんな手鞠《てまり》ひとつに命がけで強情張《じょっぱ》ったもんだから、家族みんなびっくりして、その後、大笑いになってねえ……。母にもそんな子供時代があったのかと私はいくらでも「かんごかい」の話を聞きたがったものだ。

今年でその観桜会も百年。弘前の桜は日本一と聞いて育ったが、四百年超の城に比べたら案外歴史は新しい。弘前の桜が名物になったのは廃城となった弘前城に菊池楯衛が千本の桜を植えたのがはじまりとか。最初は桜は不吉と別の藩士たちに一夜で抜かれてしまったのに菊池氏がそれでも植え続ける姿を見て市民が協力しはじめ、やがて大正になって日本一の観桜会にまで成長したという。二の丸の最古のソメイヨシノ、楯衛の桜、いつもしばらくそこに立ち止まる。ああ、すべてはいつもたったひとりから始まるのだ。

百年を超え、祖父母や母が牛に引かれて見に来た同じ桜を、娘たちと見上げる五月がまためぐってきた。

　百年たったらかえっておいで
　百年たったらその意味わかる　寺山修司

（2017．5）

桜桃忌って何、と娘はきいた

九州の由布院に行ってきた。四月、桜が咲いていた。

太宰治が暮らした下宿が杉並区から由布院に移築され、〝文学の森〟として出発することになり、オープニングセレモニーに呼んでいただいた。東京三鷹に住む朗読家の原きよさんが声をかけてくれたのだ。

碧雲荘《へきうん》は昭和初期の高級下宿としても貴重な建物で部屋は五つ。文学の森では部屋に「走れメロス」「斜陽」「富嶽百景」など名をつけ、読書しながらゆっくり過ごせるようになっている。私が彼女とふたり泊まったのが一番奥の「HUMAN LOST」。太宰が実際に借りていた部屋だった。せめて「女生徒」とか「満願」という名ならねえ……、夜中太宰の幽霊でも現れたらどうしよう、などと思っていたが、そんなこともなくおいしい焼酎をいただいてぐっすり眠った。

翌朝窓を開けると町や野や林がすっかり乳色の霧に沈んでしまっていた。鳥がさえずり続けている。見たこともないその白い霧の湖をしばらく見下ろしていた。竹林も混じる由布院の春の森は、木の葉も幹もしなやかで優しげで花々も咲く異郷の美しすぎる朝に、自分はなぜこんなところにいるのだろう、とぼうっと狐につままれたような気分になった。あの世の太宰も碧雲荘の精も、きっと同じ心境だったろう。

縁は異なもの、原さんが熱心に碧雲荘の保存活動をしていたのを少しお手伝いした。彼女に会ったのは金木の太宰疎開の家。太宰生誕百年の年で、以来毎年そこで彼女は熱心に太宰作品を朗読し、私はそれを聞く。それがもう十年近くになる。私が疎開の家に迷い込んだのはその前年。芦野公園にはまだ太宰立像はなく、阿部合成作の碑の前に小野正文先生の写真を置いての最後の桜桃忌だった。翌年から金木では6月19日を生誕祭と呼ぶようになった。それから十年近く、小野先生たちの遺した太宰まなびの家や太宰をめぐる状況は地元でも国内外でも大きく変化したように感じる。

先日「桜桃忌って何?」と娘に真顔で聞かれた。そうか、もう青森に桜桃忌はない。この先何が残り、何が消えるのかわからない。ただ私がしてきたことといえば、見て出会ってそれを誰かに伝えること、それだけだった。何のためとか難しいことは置いといて、ただ伝える。そこからまた何かが起きる。今年もまた桜の実は実り、由布院の話を土産に金木へ向かう。

(2017.6)

>< これは私のカンちがい。金木で生誕祭と呼ばれたのはもっと前からでした!

「生まれ」と「出身」1～青森ですが、何か？～

出身は？　そうきかれて、いつも一瞬息がとまる。

県外でなら「あおもり」と答える。「青森から来ました」というと東京でも奈良でも名古屋でも京都でも三重でも九州でも「ええっ！　わざわざ青森から！　いつどうやって来たんですか！」と、あたかも異国か地の果てから来たような、特に西日本ではレアなポケモンかメタルキングに出会ったようなリアクションを受ける。だいたいその場で一番遠くから来た人、だ。アイデンティティもあだ名も青森になる。初めて青森の人に会いましたと感激する人までいる。待ってくれ、自分が青森県を背負うのはあまりに重すぎる。さすが「一生行かないだろうランキング」で佐賀、沖縄に次ぎ三位だっただけのことはあるぞ青森。いっそ一位になりたいぐらいだ。別に来なくていいからね、遠いしね、山にはクマ出るし線路は単線だし一年の半分は雪で凍えてるし油断してると風で津軽海峡に飛ばされるし短命県だし日本語通じないし……という自虐観光の方が青森には向いてるかも知れない。来るなと言われると来たくなる方式。スローガンは「縄文の秘境・青森～無理して来ねくていいはんで～」

まあいい。こんな調子だから友だちに「ほんとにあんたは青森好きだねえ」と呆れられるのだ。ええ好きですよ好きですとも。津軽生まれの南部育ち、青森県内住んだところ全部ふるさとだもの。ということはスポットとしての故郷がない、ということでもある。

問題は青森県のどこ出身か、と聞かれた場合なのだ。もじもじ考え込む。生まれたのは板柳町。でも板柳出身といわれると違和感がある。記憶があるのはその次の七戸町からでその後青森、三沢、むつ、弘前……。就職後はむつ、五所川原、そして藤崎定住。青森なのに訛ってないと言われるが、標準語は本やテレビで覚えた仮の言葉。血は両親津軽だが相手が津軽人なら津軽弁、下北人なら下北弁、南部人なら南部弁を自然としゃべってしまう。どれが母語かときかれるとわからない。そもそもないのだ、故郷も自分の言葉も……。

出身とは18才までに一番長く暮らした愛着ある土地をいえばいいらしい。それなら弘前か。本籍も弘前だったし、人生の五分の一をここで暮らした。

板柳生まれ、弘前出身、藤崎在住、でいいのか……。

そしてまだ、自分の言葉をさがしている。

（2017．7）

☺ 昔「シュッシーン」の風習が弘前大学にもありましたねー。

「生まれ」と「出身」2～たまごと修司と洋次郎～

たまごは〈トキワのたまご〉に限る。とくにお米育ちの〈こめたま〉が好きと、ある飲み会で張りきって言うと「でも養鶏場は南部の山奥にあるんだよ」「山奥じゃないとね、くさいから」そう教えてもらった時のあの衝撃、忘れがたい。南部で生まれたたまごでも〈トキワのたまご〉とは……それでいいのか常盤よ。

そういえば「寺山修司は弘前出身なのになぜ三沢に記念館があるんだ」と怒る人がいた。この頃「弘前市出身・寺山修司」という表記まで目にする。寺山家の祖先は弘前藩士だという説まであって驚く。でも津軽の寺山は黒石の寺山餅店なども鶴田ルーツで、修司は九州薩摩の武家ルーツ。それぞれ別の寺山さんだ。

修司は弘前市紺屋町で生まれた。でも生まれただけ。警察官だった父の転勤で五所川原や浪岡や八戸、青森や三沢など県内を点々としたから彼自身も青森出身と書いたり三沢出身と書いたり、いったいどこが自分の出身なのか困ったに違いない。誕生日もふたつ。これでは〝列車の中で生まれた〟と書きたくもなる。一所不在の転校生、その辺の気持ち、わからなくはない。

私も生まれと出身が違う。板柳で生まれたが出身は弘前だ。じゃあ鶏もたまごも本籍が常盤なら生まれは南部でも〈トキワのたまご〉でいいのだろう。納得。

それ式でいえば寺山修司はもう弘前生まれの三沢出身でいいんじゃないかとさえ思う。本籍も三沢だし、記念館もある。青森出身でも構わないが、少なくとも弘前出身とは言えない。

正真正銘、弘前出身文学者といえば〝百万人の作家〟石坂洋次郎か。でも彼の記念館が横手にあるので秋田出身と勘違いする人もあるとか。それは悔しい。

もともと弘前市立郷土文学館は石坂の遺品が寄付されたことから誕生したという。有名文学者ゼロという県さえあるのにひとつの市でこんなに大勢の文学者を輩出したところは全国的にも珍しい。超希少価値だ。今年の『『青い山脈』70年記念展」もすごくいい。丁寧な研究に裏付けされた展示、ポスターや本の装幀などアート視点からも〈昭和〉が見渡せて楽しめる。焼け跡の日本に新しい息吹と希望を注いだ石坂文学。小説で語られた戦後民主主義についてもう一度考えたくなる。

まあ、どこで生まれても、もとは人類みなアフリカ出身だ。生まれや出身や国を争いの理由にしたくない、生きていくためにするのが文学ってもんだ。

（2017．8）

☺ いまだに寺山修司は三沢生まれだという人もいる。でも戸籍上は弘前生まれです！

「生まれ」と「出身」3 ～出雲の国からやってくる～

「出身と生まれって、一緒だと思ってました」そんなご感想をたくさんいただき、そうだったのか、と軽くショックだった。ふつうの人にとって生まれと出身の違いなんてそんなに気にならないものなのね。

なるほど。寺山修司がなぜ弘前で生まれたかとか、父親がなぜ弘前に転勤したかが気になって仕方なかったのは、結局自分が生まれや出身や故郷についてずっとこだわっていたからなんだな、とやっとわかった。

そういえば今年直木賞を受賞した恩田陸さんは宮城県出身だが、青森生まれとわかってから急に青森でもおめでとうムードが高まった。生まれや出身、住んだことがあるとか親や先祖など、血や土地に縁のあるエピソードは人と人とを急速に親密にさせるらしい。

土地には独特の匂いや空気、言葉と慣習があり、遊びと祭がある。そこにある山、川、森などの自然や天気と結ばれた糸がやがて人までつながっている。でもその糸は、寅さんやスナフキンみたいに根を持たない放浪者だけが敏感に感じ取るものなのかもしれない。

さて合併して消えた町を物語で甦らせようと昨年創設された浪岡バサラ文学賞。今年もバサラ文学賞の募集が始まったが、第一回には浪岡の伝説を基にしたミステリーやホラーも多く寄せられ、中世の古都浪岡、いや津軽そのものも昔から不思議な物語や伝説が多い土地なんだ、と再確認した。雪深い日々、子どもたちは炉端で昔コを聞いて過ごし、イタコやカミサマもいて、あの世とこの世の境が薄い縄文世界観が眠る土地。それが太宰独特の「語り文学」を生んだという人もいる。かつて津軽は〝ものがたりの国〟だった。

そこで賞の傾向と対策を学ぶ浪岡バサラ大学に今回は日本屈指の物語と伝説の国、出雲から佐野史郎さんをお招きした。山梨生まれの俳優でミュージシャンの佐野さんは島根県出身。近年、出雲ゆかりの小泉八雲の朗読をライフワークにご活躍中だ。津軽にもゆかりが深く、直木賞作家長部日出雄さんの映画「夢の祭り」では主人公健吉（柴田恭兵）の津軽三味線のライバル勇造役を、ＮＨＫ「坂の上の雲」では新聞日本の編集長・陸羯南《くがかつなん》役を好演され、映画「わさお」にも……

物語は出会いにはじまり、やがて人を結ぶ。9月18日、浪岡で出雲と津軽がぶつかってそこからまたどんな物語が生まれるのか。皆様ぜひご来場ください！

（２０１７．９）

😄 佐野さんと柴田さんにいつか弘前で長部さんの思い出トークしてほしい。

ようこそ

「時の音」のガラス戸に手をかける。店主が首をのばし、背中から秋の夕陽が差す逆光の私を見て「あ、いらっしゃい」と微笑んだ。よかった、覚えててくれた。エスプレッソを頼むと、はいと答えて、タイムマシンのように大きな機械からままごとみたいな小さな白いカップへ一杯。ぎゅっと濃い。おいしい。

客は色白の綺麗《きれい》な女の子が窓辺にひとり。店主と楽しそうに話しているので常連さんかと思ったら東京から来たという。10月から1年間、弘前に住んで黒石の職場に通うことになり、住む物件を探しにきたと。

「すごくいい家とこんなすてきなカフェ、見つけられてラッキーです」とうれしそうだ。「東北に住むのがずっと夢だったんですよ」と弾んで言う。ほう。「いい所だよ、なにせ本州で食糧自給率が百%超えてるのは青森だけだから」「ホントですか?」「うん、独立しても大丈夫」「野菜安いしね」と店主。彼女の瞳がどんどん輝くので岩木山のしらとり農場さんの話をふってみる。「無農薬で在来種の野菜とか育ててるんだよ。おいしいの」農学部出身だという店主もうなずいて「あそこはよく外国からもたくさん研修に来てるんですよね」「そう。手作りパンをごちそうになったんだけど、小麦から手作り、いや、土から手作りだったの！」「ええっ、土から！」。それから嶽《だけ》きみ、りんご、桜、ねぷた……話が尽きない。冬が大変かもというと雪に強いスバルの車を買ったから大丈夫だと彼女、ニコニコしている。弘前はどうやらとなりのトトロや鉄腕ダッシュを見て育った若い都会人たちの理想郷らしい。スーパーじゃなく畑から野菜がとれて、手作りのぬくもり、自然と文化のある暮らし……。

いま弘前って道路と家ばかりつくって、古いT字路や昭和の情緒が消えてくね、せっかく前川建築うまく残したのにもったいないね、と他所《よそ》の人に言われた。わが家も20年前に畑をつぶして建てたから肩身は狭いが、確かに、そろそろ田畑の上に新しい道や家を作るのをやめて、東京ではなく京都や金沢、ヨーロッパをモデルに古い道や家をリフォームして大切に使い、農地とともに生きるやり方のほうが世界的……、少なくとも彼女たちには受けるのだろうな、と思った。

新しい暮らしはもう始まっただろうか、あの娘。この町にずっと住みたいと思ってもらえたらいい。

（2017.10）

もとは漬物屋さん、お孫さんがカフェ「時の音」に。いい名前のおいしいカフェです。

閏月《うるうづき》の田んぼ

高校生の頃、祖父母の家に下宿していた。

一緒に暮らしていたのに、祖父と話をした記憶はすくない。たぶん孫と何を話せばよいのかわからず、それなりに困惑していたのだろう。いざ話をしてみても、彼のディープな西北の津軽言葉は、南部で育った私の耳にははじめはかなり難易度が高く、時々ごにょごにょとまるで高速のおまじないのように聞こえるときには「わい。じさま、そいだばわがらねよ」と、祖母が弘前語で私に通訳してくれたりした。

働き者で、毎日夜明け前に起きて新聞配達をしてから田んぼに行った明治の男。相撲中継や時代劇の時だけはじっと食い入るようにテレビを見ていたが、あとは用事があってもなくても田んぼに行った。今ならさしずめ一人ブラック企業か、仕事が趣味なのだ。

毎日岩木山を農事カレンダー代わりに眺め、天気には人一倍敏感で、日照りだの、雨が強いの、台風が来るのと、そのたびに朝だろうが夜だろうが稲の様子を見に行った。どうみても孫の私のことよりも田んぼや稲をはるかに強く愛していただろうと思われる。

さてある年の夏は暑くならず、テレビニュースで冷害への警戒がよく流れた。青田が映る画面を見て心配になり「今年冷害だって。どうしよう」と言うと、祖父は「なも。今年《こどし》ァ閏月あるはんで。旧暦だば今まだ五月だもの、寒《さび》いわげだね」と平気な顔《つけらっとして》で言った。農作業には太陽暦でなく太陰暦、つまり旧暦を使う。旧暦は閏年がなく、かわりに何年かに一度閏月がありその年は天候不順になると言われている。それを知っていたから春から念入《まで》りに稲や水を見てきた。だから大丈夫だと祖父は話した。半信半疑だったがやはりその年は冷害になった。でも田んぼマニアの祖父は、ほぼ例年通りの新米を収穫した。すごい、と思った。

祖父の話を正確に聞き取れたかわからない。でも今年の旧暦にも閏の五月があったので思い出し、「この夏は寒いよ」と春に予告してみた。家族は怪しんだが本当に冷夏だった。昔の人の言葉は経験から生まれる。悪い天気は変えられないが、知識や知恵を使って現実に対処し、生きていくための穏やかな覚悟を示してくれる。大丈夫だと笑った祖父と彼の愛した田はもうなくなってしまったが、ごはん好きな私や子どもたちが彼の続きを生きている。さあ、今年も新米の季節だ。

（2017.11）

今年は米の買取価格、たげ下がった。じいちゃん生きてたら、ぐだめぐびょん。

『原点』安彦良和《やすひこよしかず》×斉藤光政（岩波書店）

とうとう安彦良和さんに会えてしまった。

お目にかかれたらあれも言おうこれも言おうと思っていたのに「弘大の後輩です」と言ったきり憧れの人を前に子供みたいにフリーズした私を見かね、東奥日報の斉藤光政さんが横から紹介してくださった。

その斉藤さんも『『偽書』東日流《つがる》外三郡誌事件』で有名な記者であり軍事ジャーナリストというので以前から興味津々。そして昨年「ガンダム作家の見た戦争」の新聞連載を読んでファンになり、いつかお二人に絶対会いたいと願っていた。願ってみるものだ。共著『原点〜戦争を描く、人間を描く』にそれぞれにサインしていただき、もう、夢なら醒《さ》めないで、である。

なにしろガンダムファンなんだもの。

小学生の頃から父の将棋相手をし、郷土史の話し相手をし、宇宙戦艦ヤマトを見て育ち、やがて機動戦士ガンダムに夢中になった私は、今でこそ珍しくないかもしれないが当時はかなり珍妙な少女だった。

一時封印するも、母となり息子が物心ついた頃にガンダムエース全盛期。当然のようにガンダムファンとなった息子に「初代とオリジン以外はガンダムに非ず」と豪語してはあきれられる始末。メカはともかく、ひたすら安彦氏の描く人間群像が好きなのだ。従来のロボットアニメのどれとも似ていない。ヒーロー不在、敵も味方もみな不完全で、それぞれの義があり人生があり、心があった。理不尽が容赦なく降り注ぐ時代、みんな置かれた状況下で必死に生きようとしただけだ。生きるために戦わねばならず、それは決して善でも美でも正義でもない。戦争が終わらない現実世界で、日本は平和と言いながら大人が上手に隠す「ほんとうのこと」がここにある、と子供心に察した。作者の愛情は全ての登場人物に注がれ、何のために人は戦うのか、という愚直な問いだけが最初から最後までを貫いていた。その問いが今も深く胸に刺さっている。でもガンダムより『ナムジ』や『虹色のトロツキー』などの漫画ファンだという斉藤さんに影響され、大人買いして読み漁るや、いま一番好きな漫画家は安彦良和だと弘大キャンパスの中心で叫べるほどになった私。

そんな安彦氏の自伝で、創作の源泉が書かれた名著『原点』は弘大生なら必読だ。来年は弘大で安彦原画展と講演会やれたらな、と願ってみる。叶《かな》うといいな。(2017.12)

><青森県美で安彦さんの原画展があって、うらやましかったなあ。ぜひ弘前でも!

放浪と越境の日々から

「うおおお、あったよーっ！」

「お、何？　四等？　それとも三等？」

「一等だよっ！　一等あたってるよーっ」

　なにバカ言ってんのと笑いながら、黄色い声でピーピー騒ぐ息子の手から年賀はがきを奪って確認してフリーズする。ホントだーっ。家族は騒然となった。

「絶対ペアでハワイ旅行だ！　行くぞハワイ！」

　当時の年賀状の一等は旅行や電化製品などいくつかの選択肢から好きなものをひとつ選ぶことができた。新婚旅行で海外に行きそびれた私と夫はぜひ旅行を、と訴え続けたのだが、子どもたちが涙目で抵抗した。「だめだよう二人だけずるいよう、液晶テレビがいい」なにせ当時まだブラウン管だったわが家である、家族会議の末、やはりテレビをと、一件落着した。

　教え子からの1枚の年賀状がシャープのアクオスになって運ばれてきて、まるで退職祝いみたいだった。三月、私は卒業生を見送り、晴れて教師を退職した。

「もし目の前の道が分かれていたら、簡単じゃないことを選ぶといい」もちろん自分のやりたい道を選ぶんだよ、と子供の時言われたのを守ったらそうなった。

さて、小学生だった息子もこの春いよいよ就職する。竹の子のような成長をたっぷり側で見られた幸せな十年、世界も日本も想定外の激変ぶりだった。

いまだ現役のアクオス君は目まぐるしく変わる世界情勢を全部映し出しているかのように見えた。でも逆に隠したりもしていると気がついた。本物の情報には体温や肌触り匂いがある。自分の現実を大切にしているうちに足元から世界までどうやら映らない方や虚構により多くの真実が眠っているらしいとわかった。手探りで誰かや何かに出会いながら、ちょっとずつ私も変わった。そして行けども行けども世界は広い。

「四十而不惑」……四十歳になったら迷わない。有名な『論語』の言葉。でも最近の研究では「惑」は「或」のまちがいだったらしい。「或」は区切りという意味で、つまり四十歳で人生を区切るな、成果を出して自信が持てる年齢になったからこそ足をとめずにさらに何かに挑戦し、越境、放浪していけよという意味になるのだと。孔子、なかなかアヴァンギャルドである。五十歳、新しい年を迎える。放浪と越境の日々から今度は知命へ、新しい大人の階段を上っていこう。

（2018.1）

😁 なんて格好つけても、たいして変わっていません。

津軽の神棚問題

とうとうお伊勢詣《まい》りをした。昨年11月、弓道の奉納王座戦を観に行ったついでに、名古屋空港からレンタカーで三日間、熱田《あつた》神宮、椿大神社、二見興玉《ふたみこしたま》神社、伊勢内宮《いせないぐう》と外宮《げくう》、周辺の月読《つくよみ》神社や猿田彦《さるたひこ》神社、奈良の天河神社、在原業平の墓、飛鳥の古墳群を通って大山神社など巡りまくった。西の神社は古くて大きな森の中に点々と木造の社《やしろ》があり、まるで木と石と水のテーマパーク。巨木好きにはたまらない。

別に私は神道ではないし、日本会議にも入ってない。ただ実家には神棚があり、無宗教を自負する父が毎朝パンパンと手を打っていた。祖父母の家にも嫁ぎ先にも神棚と仏壇が当然のようにあったから何の不思議も抱かず、毎日神棚には父のように柏手を打ち、仏壇には姑《しゅうとめ》のようにお線香を焚《た》き、鈴をチーンとやっている。

弓道場には上座にかならず神棚がついていて練習前に拝むことになっていた。大学時代は大晦日から百射会を夜通しして初詣にみんなで行き、二礼二拍手一礼で拝むと、右翼なのかと聞かれたりした。もちろん右翼でも左翼でもない。幼い頃は教会の日曜学校に通っていたから教会に行けば祈るし、寺の墓参りも欠かさず、岩木山とか朝日とか月とか、いい滝や木や花や石があれば爺《じい》ちゃん婆ちゃんのように手を合わせたくなる。無宗教にも二種類あるのだ。ぜんぶ拒絶するか、ぜんぶ受けいれるか。ゆるい私は後者なのだ。

さて最近はパワースポットや神社ブームで、お守りだけでなく神棚を新規購入する人も増えているとか。大きな神社でも神棚が売られ、お札《ふだ》の入れ方の説明書きがあった。読みながらふつふつ疑問がわく。中央には伊勢の大麻（お札）を入れるとある。でも真ん中にはカミサマ入っているからお札入らないよね、と年末に友人に話したら、彼女は妙な顔をした。

「は？　なにそのカミサマ入ってるって」

実家の神棚の中央扉には龍神様が鎮座している。子供の頃、年末の大掃除の日だけ神棚からその像を出し、塩を入れたぬるま湯を使って父が丁寧に清めるのを見るのが楽しみだった。嫁ぎ先の神棚にも山の神様が入っていたので、神棚にはもれなく木像が入っているものだと思い込んでいたのだ。驚いて調べると、どうも神棚に像を入れるのは津軽独特の風習らしい。

なんてこった。くわしい方、情報ください！

（2018．2）

☺ これを読んだ成田敏さんが、木像が入っているのは津軽の神棚だけと教えてくれました。

「あさイチ」と卒業

フルタイム勤務の仕事を辞めて十年が経つ。

辞めた理由は子育てと介護だった。

もちろん仕事と家庭を両立させている女性はたくさんいるし、尊敬もしていた。だけど不器用で一本気な自分は両方やるのが至難の業だった。そして十年前の私には、何より家族と過ごす穏やかな時間が一番価値あるものに思えたのだから、退職はベストだった。

さて念願の専業主婦生活に突入した当初は羽鳥さん西尾さんの「ズームイン!!SUPER」を家族で見ながら朝ごはん。夫の車と、だぶだぶの学生服がこぐ自転車、並んで揺れる色ちがいのランドセルふたつを見送ってほっと一息つき、「はなまるマーケット」を見ながらひとり珈琲をすする、それが朝のテッパンだった。

だが二年後、事件が起きる。NHKで「ゲゲゲの女房」と「あさイチ」がスタートしたのだ。「ゲゲゲ…」は水木しげる夫妻が主役、実写とアニメのコラボ、そして15分放送時間を早めて8時から放送というメモリアルな朝ドラで、欠かさず熱心に見た。

それに続く「あさイチ」は働くアネゴ有働さんとパパになりたてイノッチの異色コンビに、エライ論説委員の柳澤さんが加わり、個人から社会の問題までタブーに毎回挑みつつ、朝ドラ受けありオヤジギャクありの、硬派なんだか軟派なんだかわからない見たことない情報番組だった。もしNHK年表をつくるなら2010年3月29日は朝革命、と赤文字で書かねばなるまい。

番組開始の翌年、東日本大震災が起きた。その後の原発反対運動、改憲問題、NHK会長問題など、この8年は激変づくし。私はテレビそのものを見なくなった。でもたまに見れば「あさイチ」はいつも良い意味で公私混同、等身大アドリブで目前の問題に生の声を届け続けていた。ドキュメンタリーみたいな臨場感、テレビの向こうに生きた人間がいる確かな手触り。それに加えこの番組の人気は、社会にも人の生き方にも正解はないということを伝え続けたことだろう。

今回のMC三人の卒業宣言も番組らしくていい。

人生の分岐点を自分で決められるのは幸せなのだ。

さて、中学生だった息子もこの春就職、娘も高校を卒業する。早いもので私も母業生活卒業だ。理想はムーミンママだったのに、ずいぶん不良母だったなあ。

ま、挑戦したことに意義がある、ということで……。

（2018．3）

いまだ不良のママ。３月は毎年、卒業ネタになるなあ。

持って生まれたものを〜孫一《まごいち》伝説〜

春だ。いくつもの卒業と入学シーンが記憶のなかをひらひら行き交う。

式辞は短いほどうれしい。つまらなくて終わらない話をえんえん聞かされる時のあの冷たい椅子《いす》の固さとしびれるお尻の思い出……。逆に、思いがけず胸をゆさぶられる言葉に出会うこともあるから式はあなどれない。校長は皆の前でいい話ができたらそれだけで合格だと言う人もいるほど、式辞講話の類はむずかしい。

小田桐孫一は、その道のレジェンドだときく。弘前高校22代校長で、陸羯南《くがかつなん》の漢詩「誰人天下賢」や「持って生まれたものを深くさぐって強く引き出す人」という言葉を生徒に熱く語り、いまやその二つの言葉は弘前高校の教育方針になっているぐらいなのだ。沢田内科医院HPには「畑にいた方が似合いそうなその校長が、演壇に上がると、一時間以上にわたって哲学調に講演を続けるのです。大人扱いされた高校生は、私語もなくずっと聴き続けました」とあった。

当時の弘高生はバンカラつまり今よりずっとワイルドで、もしつまらない話をしようものならブーイングの嵐。それが黙って聞く、しかも一時間も……。話の後に拍手が起きたというから、どれほどすごい講話だったのだろう、聴いてみたかった。

さて、孫一先生は弘前実業高校の初代校長でもある。今年百周年を迎える弘実の「60年のあゆみ」という記念誌を読むと、孫一先生が、昭和42年の生徒会機関誌「まんじ」の目次の裏に次のことばを見つけ、教師として深い生きがいを感じた、と書いてあった。

えらい人や名高い人になろうとは決してするな
持って生まれたものを深くさぐって引き出す人になるんだ
天から受けたものを天にむくいる人になるんだ
それが自然とこの世の役に立つ

これが高村光太郎の20行詩「少年に与う」の抜粋だと教えてくれたのは生徒だったという。実業校舎前庭には「誰人天下賢」の碑もある。羯南や光太郎の言葉は弘高生だけのものではなかった。いやどこの学校、どこの学生でも、きっと孫一先生は魂をこめて同じ言葉を伝えただろう、あのしょっぱい梅干を食べたようなくしゃっとした顔で。深く刻まれた皺《しわ》とどこか淋し気な目に戦後カザフスタンに抑留され捕虜生活を送った苦渋がにじむ。

あだ名はダモイ、帰郷の意である。

（2018.4）

父が酒飲みなのはマゴ（孫一）の血だ、と祖母がぼやいていた。遠い親戚らしい。

観桜会百周年

五月、桜のようすはどんなだろう。

もうきっと染井吉野は散って花筏《はないかだ》になってしまって、八重や枝垂《しだれ》桜が重い花びらを開いているだろうか。それとも、もう岩木山の並木の桜が盛りだろうか。

今年は観桜会百周年。もり上がるだろう。風はおだやかだろうか。今年は早春から寒暑の差が激しくて初夏みたいな日の後に、雪が降った。花に嵐のたとえもあるさ、と言いながら春は毎日が気が気ではない。青天に桜が映えて、できたら黄金週間に咲いていていてくれたらな。内からも外からも集まった人々が桜を見上げながら歩く、その笑顔で弘前は満開になるのだから。

と、思いを馳《は》せながら書いているのは四月の私。いつも月刊『弘前』の原稿は1ヶ月先の自分に出す手紙だ。

桜は全国的には卒業と入学の頃に咲く風物詩。今年はいろいろな卒業式や入学式の式辞を聴くチャンスがあった。中で印象的だったのが岩手大学の入学式だった。地元から県外までそれまでの式辞の中にほとんど出てこなかった（出てきてもどこか空々しい）「東日本大震災」という言葉が、血肉をもって語られた。学長は、この七年の復興は何より被災した方々自身の努力と全国からの支援者によるものだと言い、新入生代表の女学生は、日本が東京オリンピックに沸く一方、さまざまな問題がそのまま手つかずであることを清らかに澄んだ声で述べた。明治、凶作の農民を救うためにできた岩手農林高校を前身に、86ある国公立大学のうち震災復興の要の大学としてあり続け、卒業生に宮沢賢治や、芥川賞「おらおらでひとりいぐも」の作者、若竹千佐子さんがいる岩大ならではの入学式だった。恨みがましさはない。だが石を割ってでも咲く太い桜の根のような強い志を感じる。八戸もそう。震災後の南部にはどこにも頼らず自分たちで自分たちの暮らしを守り、人間を育てていこうという覚悟を感じる。

さて弘前はどうか。震災直後、全国でイベントを自粛するなか決行した観桜会は好きだった。被災地を応援するにはまず自分たちが元気を出そうという心意気に計算はなかった。あれから七年、観桜会百周年の花の下で立ちどまる。百年後の桜はどんなだろう。日々の地道な生活があって祭りは生きる。「我々が出来ることは、今を生きることだけだ。過去には戻れないし、未来があるかどうかも定かではない」と賢治は言った。（2018.5）

昨年はコロナで中止でしたが、今年のさくらまつりは、感染対策で公園は一方通行で開催しました。

シュウジくんのイタズラ

4月5月と上京してきた。

4月14日は劇場茶会、場所は三鷹の井心亭《せいしんてい》だという。

三鷹駅に着き、ふと思い出して太宰治文学サロンの学芸員、吉永さんに電話した。「いま三鷹駅です。これからサロンに寄ろうかと……」というと電話の向こうから「きゃー」と軽い悲鳴。「いまセラさんにお手紙書き終わってポストに出しに行くところです」改札を出て左に曲がると赤ポストがあるのでそこで待ってて下さい、と言われてハイと答えて待っていると、ほんとにすぐ彼女が現れた。メロスと友のように再会を喜ぶ。吉永さんは5通ほどの封書のなかから確かに私宛の封書を取り出し、残りをポストに投入した。消印のない封筒を渡されてぽかんとする私に「また太宰さんのイタズラですね」と笑う吉永さん。そこから出張に行く彼女と別れ、ひとり井心亭へ向かった。

到着するとその向かいがなんと太宰の旧居跡なのだった。太宰一家が住んだ借家自体はもう跡形もない。でも玄関に植えられていた百日紅《さるすべり》の木だけが井心亭の庭に移植されて、ちらちらと若葉を芽吹かせていた。

目的の劇場茶会、別名地獄茶会は客も地獄の亡者となって参加する市街劇型の茶会だった。寺山修司の義弟・偏陸《へんりく》さんが生けた花を眺めお菓子をいただきながら、太宰と寺山の抱えた地獄について考える。幼い頃にタケに地獄絵を見せられた太宰と、短歌や映画「田園に死す」で地獄を描いた寺山。二人ともあの世とこの世の境目が低い人たちだなあと思っていると茶室が揺れた。地震。やれやれ、まったく二人のシュウジくん周辺ではこんなホラーも日常茶飯事である。

5月4日の修司忌は東京高尾へお墓参りした。早朝また揺れた。墓前では偶然ゆかりの方々に会い、午後は三鷹のハモニカ横丁で榎本了壱《えのもとりょういち》さん主宰の「かいぶつ句会」の祭りに出席した。

翌5日は急に大宮の太宰ゆかりの場所を巡ることになった。案内人は玉手洋一さん。「太宰は『人間失格』を書くため4月29日から5月12日まで大宮に滞在したんです」「てことは私たちきっかり70年後の同じ場所を歩いてるってことですか」「た、確かに……」

今年は太宰没後70年、寺山没後35年。彼らの時代の街並みは再開発で姿を消しつつある。だが三鷹、高尾、大宮の若葉繁る空と光る風は変わらず青かった。

（２０１８．６）

大宮の太宰ツアーが復活したのは翌年の４月29日。平成最後の昭和の日。

五歳の頃

一番はっきりしている古い記憶は五歳の誕生日の頃。当時は七戸町の小高い丘の上の平屋を借りて住んでいた。家の周りには林や畑が広がっていた。草原でスキップするたび青いにおいがあたりに立ち上がり、虫取りをしたり、花を摘んで首飾りや指輪をつくったり、ただただ遊んでばかりいた。

通っていた七戸幼稚園は、当時は入園希望者が行列をなし、抽選と面接で入園者を決めるほどだった。運良く入園できた私は鷹山宇一《たかやまういち》デザインの鳩の園章がついた帽子をかぶり、制服を着て、長い坂を毎日上がって園に通った。先生はみんな優しくて物語を読んでくださったり、お遊戯をしたり、折り紙を折ったり、歌を歌った記憶はある。手作り給食は楽しみだったけど、温めた脱脂粉乳の臭いとカップに張ったうすい膜が大嫌いで飲めたことがない。

しょっちゅう急性の気管支炎になっては幼稚園を休んでバスに乗り、小さな旅のように隣の十和田市の病院まで行った。半分近く欠席していたような気がする。そのせいでこんなに園の思い出が幸せに思えるのだろうか。無事に卒園できた日、式で母親が号泣していた。

あの頃、五歳の自分に文字が書けただろうか。

絵本を読んだり、楽器を教わった記憶はたっぷりあるが、字を書く練習や勉強の記憶がない。字を書けるようになったのは小学生になってからで、とにかく幼稚園はみんなと夢中で遊ぶだけの場所だった。その分、小学校に入学して新しい鉛筆でノートにひらがなの書き方を練習する時は大人になったようでわくわくした。

もちろん綺麗に字が書けたり、勉強ができることに越したことはないのだろう。でもそれは後からいくらでもできるし生きるための必須条件じゃない。幼い頃はまず安心してたくさん食べて寝て、笑って泣いて、ただ懸命に遊んでいろんなものを身体全部で感じるだけでいい。悲しい思い出もたくさんあるけれど、それも含めて、私の大切な幼年時代である。

今年の三月、少子化のため七戸幼稚園は惜しまれつつ閉園した。お別れの会に参加して二度と出会えないと思っていた先生方に再会できた。月並みな言い方だけれど、記憶の中の幼稚園はずっと私を支えるだろう。

字が書けなくてもやんちゃでも、五歳の子供は生きてさえいてくれたらいい。そうではないのか。

（2018．7）


目黒で5歳の女の子が虐待死した事件、ひらがなの必死の反省文が悲しすぎて。

弘前の小さな迎賓館～田中屋～

8月、ねぷたやお盆、夏休み。県外からお客さんがたくさんやってくる。桜の季節に負けないにぎやかさ。でも今年はぽかんと穴があいたようにさびしい。

弘前を案内する時、だいたいお客様を連れて行くのが田中屋だった。半地下の喫茶室「北奥舎」。階段をそろりそろり、もぐるように降りていくと昼間でも薄暗い秘密基地のような空間を照らすあたたかな灯り。立派な古木のカウンターにお客さんと肩を並べ、書棚をながめながら珈琲《コーヒー》を飲んでほっと一息つく。旅の最初なら、これから弘前のどこを巡るかの作戦会議にうってつけだったし、旅の最後に寄る時は、見てきた場所の印象を交換しながら味わった。季節や時間を忘れて弘前の歴史や文学談義に次々花を咲かせた。思い出にお土産をひとつ、と店内の津軽塗や焼物、手織り、こぎん、あけび細工など、津軽の伝統工芸品を目を輝かせながら選ぶ客人と一緒にいるだけで何ともうれしい気持ちになった。時間があれば津軽塗のミニ博物館のような展示を見たり、画廊が開いていればそれをぐるりとめぐったりして、東京や日本中の目の肥えた美術や文学、音楽好きの大人な方々をお迎えしても、気張らず落ち着いておもてなしできる場所。小さいけれど店内には津軽のエスプリがぎゅっと詰まっていた。盛岡の材木町にはかの有名な光原社があるけれど、弘前の一番町には田中屋があるもんね、という感じ。

そもそも白壁に黒光りする太い木材をふんだんに使ったこの建物そのものが村上善男の作品なのだ。もと弘前大学美術教授で岡本太郎とも親交の深かった美術家で詩人。長部日出雄など郷土作家の本の装幀《そうてい》やポスターデザインを手がけ、美術、文学から民俗学などあらゆる分野に造詣《ぞうけい》が深く、青森県の文化の価値を再発見、再評価した村上。そのファンはいまだに県内外にも多い。田中屋は私設の村上善男記念館でもあった。総合文芸誌「北奥《ほくおう》氣圏《きけん》」の編集会議もよくここで開かれたし、寺山修司の生誕地が紺屋町三五番地だというのも私は村上直筆の短冊で知った。といっても私は村上善男に会ったことが一度も無い。なのに、この場所に来れば彼に会えて、さまざまなことを順番に教わっているような不思議な気がしたものだ。時の流れとはいえ、ここがなくなってしまうのは、弘前の街の魂がひとつ抜けてしまうようで、ひどくさびしい。

（2018．8）

いつの間にか解体、あっという間に更地、そしてコインパーキングになってしまった。

寺山修司
幸福論

啄木、アップデート

8月、石川啄木記念館に初めて行った。盛岡から車で旧渋民村まで走る。岩手山の向かいに、つんととんがった姫神山。炎天下の記念館は樹々の緑を背に三角屋根の白い家のような建物。意外だった。

どうも啄木にはダメ人間なイメージがある。白い家より、ひとりぼっち泣きながら蟹《かに》をいじる寒い海辺が似合う気がする。これは小学校の修学旅行の函館で見た昭和レトロなお土産のせいか、はたまた酒だ女だ借金だ、の噂《うわさ》のせいか、これまで受けた印象は、暗い。

だが去年、金木の太宰生誕祭で啄木記念館の森館長さんのスピーチを聞き、ネットで高橋源一郎氏が漱石の「こころ」の親友Kのモデルは啄木だというのを視聴してから、がぜん啄木が気になってしかたがない。

さて受付で「こちらに展示ガイドさんはいますか」と聞いてみた。「普段はいるんですけど今日はあいにく不在で」とすまなそうな答えが返ってきた。予約したわけでもないし、構いませんよ、と入口の啄木人形（私より背が低い！）と記念写真を撮っていると受付の女性が息を切らせて駆けてきた。「館長にお話ししたらご案内するそうです。よかったですねっ」なんと直々に森館長さん登場！「どちらからおいでですか」と聞かれ、正直に生誕祭の時のお話をするととても喜ばれた。森さんは賢治と啄木の後輩で、二人の研究者でもある。穏やかに淡々と事実を積み重ねる解説に、啄木像はぐんと良い方にアップデートした。寺の息子、石川一《はじめ》は命がけで明治という時代に警告を与え続けた「啄木鳥《きつつき》」だった。中庭には生家と彼が勤めた小学校が大切に保存されていた。黒光りする柱や廊下、桂の木の甘いにおい、鬼百合、蝉《せみ》の穴……。

数日後、思いがけず記念館から本と資料が送られてきた。記念館だよりの森さんの巻頭言の一節がいい。

「一般的に言われている啄木のマイナス面を否定はしません。人間誰しも表裏があり、その重なりが人間性を醸し出しています。ましてや、二十六年二ヶ月という短い人生において、修正や取り返しができないままこの世を去った啄木です。その啄木を弁護してあげたい、という気持ちでお話をしております」

確かにどんな優れた人物でも欠点ばかりあげつらって排除し続けたら、結局誰ひとりこの世に生きられなくなってしまう。知ることが偏見を消してくれる。（2018．9）

館長の森義真さんとは翌年の太宰生誕祭で再会できました。

まちがえたんです

まちがえるんですか？　しかも靴を？

そうそう、飲み会のあとなんかよくあるんだよね、なんてオジサンたちが苦笑するのを聞いて、いやいやいやあり得ないし、と心で叫んでいた若い頃の私。

だが、それはFさんの東京への旅立ちを祝う会で起きた。かなりお世話になった彼女が津軽を去るのはさびしく、でもだからこそと楽しく祝っているうちに、早くも帰りの列車の時間になってしまった。Nさんと一緒に弘前駅までダッシュし、無事に列車に乗り込み、川部駅で降り、赤い火星を眺めながらほろ酔い気分で歩いていると「誰か靴まちがえた人いませんか」というメールがきた。あらやだ誰だろう、とのんきに思っていたら「黒いサンダルが残っていて……」ん？　嫌な予感。えーと今日は昼間ちょっとまじめな会合があって、黒いヒールで出かけて、でも、まさか……。

家に帰ると履いて帰ったのとそっくりなヒールが玄関で私の帰りを待っていた。げげげげっ、双子のヒールなのか。違う違う。一度帰ってサンダルに履きかえて出かけたんだった！　じゃいま履いてるのは……？

いやもう恥ずかしいったらない。しょぼんとしてSさんに返しにいくと、私の靴がピッタリだったんですねと優しく笑ってくれた。わーごめんなさい！　気がつかないほどピッタリでした。女神対応にうるっとしながら、戻ったサンダルにも「ごめんよ相棒」と謝る。お気に入りの君を忘れてくるなんて……

裸足の両足を見つめる。なにせ靴売り場の係に驚かれるぐらいすさまじい外反母趾《がいはんぼし》なのだ。親指の根元が「く」の字に曲がり、ズックの内側の骨のでっぱったところがすり切れてしまう。子供の時からそうだったから変だなんて思わなかったけど、だんだん歩くと痛むようになってきて、合わない靴を履いた日には、語るもおぞましい激痛が走る。合う靴が見つかったときにはシンデレラを探し当てた王子のように幸せだ。

『注文をまちがえる料理店』を読んだのはその後だ。「認知症を抱える人」が接客をするレストランの実話で、まちがえることを受け入れ、一緒に楽しむという内容に深く深く心が動かされたのは靴事件があったからなおさらだ。祖母ゆずりのこの粗忽者《ちゃかし》は治る見込みもないが、この本を読むと、こんな風にいろんな人に居場所があるのっていいなあと思う。オススメです。

（2018.10）

『注文をまちがえる料理店』小国士朗（あさ出版・2017）。YouTubeでも話題に。

弘実と田園都市弘前

県内唯一の実業高校、弘前実業が百周年を迎えた。

一九一八年、弘前市は弘前女子実業補習学校を、四年後に弘前商業補習学校をつくった。この二つの流れをくっつけて、さらに農業科を加えて生まれたのが、弘前市立弘前実業高校である。来年は県立になっての五〇周年。いろいろ節目を迎えている。

今年になって弘実の初代校長、小田桐孫一先生の肉声テープが公開されて話題を呼んだが、その中に一九六〇年9月30日の開校式の朝、ラジオ青森（RAB）から放送された音声が残っている。それを聞くと「家政」「商業」「農業」の三本柱で弘実を船出させる決意をした孫一先生の熱意と覚悟がじんじん伝わってくる。

「商業と家庭の二つに、さらに新しく農業課程を加えて　三つの課程の実業高等学校にするという着想に対しましては、非常に幾多の批判があるように聞いております。特に農業課程の新設に関しましては、いろいろと取り沙汰されているようでございます。けれども私ども、当市の総合建設計画書を拝見いたしましても、従来の「消費都市」から「生産的田園都市」に体質改善して、立派な産業都市、教育都市、福祉都市を建設するんだという構想が謳《うた》われております……」

弘前は戦前、陸軍で栄えた都市だった。それで戦時中は深刻な食糧不足になり、各学校の校庭も芋やカボチャ畑になり、生徒は勉強そっちのけで畑仕事をしたという。戦後「やっぱり食べ物が大事だ」と気がついた弘前市民は、ただ消費するだけじゃなく、農作物をつくる生産的な田園都市をめざしたというわけだ。

いま弘実はスポーツ科学科を加えて6学科もある。文武ともに部活動も活発だ。各自が得意技能を持つユニークな才能集団で、「僕のヒーローアカデミア」青森版みたいだ。孫一さん入魂科の農経は、法政大と連携してフィールドワークをしたり、弘大農学部に進学する生徒もいて、最近は高校入試でも高倍率だ。校舎の裏に広い農場があるから、他科の生徒も選択で農業や園芸体験もできる。農と衣食と経済の連携ができる学校なんて孫一先生の先見の明、さすがだ。新大学入試制度で求められるのはこんな学生かもしれない。

そんな弘実から農経科が消えると決まっているらしい。弘前で農業を学べる高校がなくなってしまうなんて孫一さんが聞いたら……なんだかもったいない。

（2018．11）

☹ 弘実の農業経営科は惜しまれつつ今年度で募集停止。農場の果樹も切られるのか…。

長部さんの振子

そんなに出世したの！　と数年前、本誌に私が連載していると知った高校時代の友人に驚かれてドギマギしたことがある。それほど月刊『弘前』は市民にとって歴史と伝統あるプレミア・タウン誌らしい。

なにせ、かつてこの雑誌に弘前出身の直木賞作家・長部日出雄の〈振り子通信〉が連載されていたというのだ。石坂洋次郎亡き後、地元津軽で誰よりも素直に愛され続けた作家は長部さんである。多忙な彼が毎月このタウン誌に東京から原稿を送り続けたのは、雑誌の創刊者で名編集長、高橋彰一氏との深い友情があったからにちがいない。長部さんの初めての創作集、『津軽世去れ節』を73年に出版したのが高橋氏の津軽書房だった。翌年この本の中の二作が第69回の直木賞を受賞するが、地方出版社からの受賞は日本初だという。

さて10月末の晴れた日、青森市の『古書らせん堂』に寄った。すると長部さんの著作がずらりと並ぶ追悼コーナーができていた。「偶然まとめて手放す人があって大量に入荷し、その4日後ぐらいに長部さんが亡くなりまして……」と店主の三浦さん。本や資料には時々こんな偶然が起きる。私はサイン入りの『いつか見た夢』を買った。これも津軽書房だった。その中にこんなエッセイがあった。吉行淳之介が初代編集長を務めた雑誌『面白半分』に72年4月に発表したものだ。

二年ほど前に、賑《にぎ》やかな東京から郷里の弘前に帰り、淋《さみ》しい町はずれの小さな家に住んでしばらくしたころ、かなりの不眠症に陥り、三ヶ月ほど眠れぬ夜を過ごしているうちに、ある明け方、猛然と東京が恋しくなってきた。都会にいると田舎にひかれ、田舎にいると都会にひかれる。これではまるで振子のようなものではないか……と考えたとき、自分が振子病に犯されていることに気づいたのだ。（「振子病」について）

〈振り子通信〉の命名もここから来ているように思う。

故郷について太宰は「汝《なんじ》を愛し、汝を憎む」と、寺山修司は「憎むほど故郷を愛していたのかもしれない」と言った。東京から津軽愛を書き続けたといわれる長部さんだが、最後は岩木山ではなく富士山麓の文学者之碑に眠ることを選んだ。岩木山にいれば岩木山は見えない。これからも長部さんの魂は永遠に富士山と岩木山の間を振り子のように往復し続けるのだろう。長部さん、そこからずっと津軽を見守ってて下さいね。

（2018．12）

野塾 NOJUKU

昨年12月8日、中三で菅田将暉主演の「あゝ、荒野」前後篇一挙上映があった。映画賞を多数受賞した話題作で、harappa 支配人の品川さんと、映画の師匠、成田さんに声をかけていただき初映画アフタートークした。テラヤマ・ワールド代表の笹目浩之さんもサプライズ登場。この映画、私は封切り前夜に新宿で観たときはちょっと苦手だなと思った。ヤン・イクチュンはいい。でも余計な部分が気になる。それが弘前でもう一度観ると、いつものパイプ椅子がリングサイドの椅子のようで臨場感があり、映画の良さも見えてきた。映画っていつ誰とどんな映画館で観るか、というのも大事な要素なんだな。ますます弘前の街なかに映画館がほしい。

さて「あゝ、荒野」はもともと寺山修司が一九六六年に出版した唯一の長編小説で、そういえば二〇一一年に笹目さんがわざわざ弘前まで訪ねてきたことがあった。寺山生誕の弘前でいつか何かやりましょうというお話で、その時「あゝ、荒野」の映画化を試みたが流れ、映画より先に松本潤主演で舞台化するという話を聞いた。あの映画化がやっと実現したなら、その経緯を笹目さんからぜひ伺いたい。でも東京からわざわざアフタートークだけに来ていただくのも心苦しい。偶然か必然か12月10日は寺山が弘前で生まれた日なので、じゃあ9日に講演会をしたらどうか、と思いつき、弘前学院大学の井上先生と弘前大学の仁平先生にご相談すると「ぜひ」と快諾で準備委員会ができ、ここから何かに憑《つ》かれたようなトントン拍子で野塾の開催が決まった。笹目さんの演題が「貼ったり人生!!寺山演劇によって人生を貼り替えた男」だったため、野塾のコピーも「弘前の学生の単位にならない課外授業。会いたい人には会いに行こう。それが無理なら、会いたい人に来てもらおう、出会いをプロデュースしよう、という野望をもった人たちが集まってできました」というハッタリ感満載だ。学生無料で補助金なしのサポートシップ制、本気で聴きたい人だけのゼミで、宣伝はクチコミか予告チラシのアナログ方式に。当日は吹雪のなかを弘学に30人以上が集まった。第1回野塾、笹目さんの人生講義は大盛況で二次会の弘大カフェまで楽しく続いた。偶然性の出会いを組織し、学校の壁、地方と東京の壁、常識の壁を越え、先の見えない荒野の時代、まず生き抜く力を身につけなくちゃ。

（2019．1）

☺ 野塾、コロナがおさまったら再開したい。

菅田将暉×ヤン・イクチュン
原作／寺山修司
荒野

We love Iwakisan

雪がすき

雪がすき、なんて言うとぎょっとされる。

冬になると会う人会う人、あいさつはだいたい寒さへの文句とか雪への呪詛《じゅそ》に終始する中、雪景色や吹雪を見て「きれい……」などと、のんきにうっとりしていると「ボーッと生きてんじゃねーよっ」、とチコちゃんに雪かきスコップで殴られそうである。

この前、吹雪の弘前を朝に発ち、盛岡についたら、からりと晴れた青空だった。乾いた風に吹かれて、底冷えする雪のない街を歩きながら、楽でいいなあとは思ったものの、なんだか物足りなかった。

あのグレイやミルク色の空から冷たくて白いものが落ちてきて、ゆったり舞ったり、びょうびょう吹き付けたり、それが突然やんでしんと静まる純白の世界。雪をまとった樹木の荘厳さ。そこへ太陽や月の光があたってキラキラしたり、ひとつも人間の思い通りにならない自然の力によるこの不思議な光景を、きれい……、と言わずになんと言おう。ある時友人が「雪って水でしょ。つまり私たち、こんなに水に囲まれてるんだよ。すごいよね」

とつぶやいてから、この光景がいっそう豊かで貴重に思える。

うちの相方はなぜか吹雪になると運転したくなるという世にも奇妙な性質で「お、いい感じに吹雪いてきたよ」とけしかけると「おろ、行ぐど」と即、温泉GO！　吹雪の露天風呂、最高だ。一方息子は「寒いのヤだ、雪めんどくさい」と東京へ行ったっきり……。そっか、もし本気でイヤならつべこべ言わず雪の降らない街に住めばいいんだものな。待てよ、嫌い嫌いも好きのうちで、もしや津軽人の雪への容赦ない悪態って独特の愛情表現かもしれないぞ……。

ともかくせっかくここに暮らすからには雪がすきだと言い張りたい。先日やって来た東京人が「つららって何十年ぶりに見たかな」と、しみじみ言うのを耳にし、沖縄の大学生が「身投げしたい……」と、うれしそうに雪の中庭にダイブするのを見て、はーそんなもんかと驚いた。金木の地吹雪ツアーとか、浪岡の長靴で雪こいで歩くイベントみたいなゆるいノリで、雪道歩けるかな講座、雪に人型インスタコンテスト、雪かきで宿泊無料民泊、林檎《りんご》畑の雪をこぎこぎ剪定《せんてい》からの温泉体験……雪遊び妄想が広がる。

もはや日常だけで雪って十分楽しめるかもね。


（2019．2）

見届けること、忘れないこと

優河との出会いは3年前の3月26日、土手町のASYLUMだった。おおはた雄一がギターで弾き語った後、黒髪の彼女は心細げに部屋の隅に立ち、おもむろに無伴奏で歌い出した。その声、いきなり別次元……

ジャンルも国籍も無い。言葉は日本語だが、アイルランドか中東、大陸、縄文か津軽海峡の風のような北から響く声。聴く体の細胞が揺れた。まだ少女の面影を残す彼女の歌は、水や土が記憶する古い物語を紡ぐ子守歌か鎮魂歌だった。満月過ぎた月が中天にあり、春近い空と街を異国のように青く照らしていた。

同じ年の10月、渋谷でピエール・バルーのデビュー50周年ライブがあった。82歳の伝説の歌手バルーがデュエット相手に優河を選び、封印していた「男と女」を愉しそうに歌うのを不思議な気持ちで見た。二ヶ月後、バルーはこの世を去った。見事な幕引きだった。

さて先月、閉店する渋谷のサラヴァ東京での優河のラストライブに行ってきた。父の七回忌を済ませて娘と弾丸上京。「この場所で19歳で歌い始めて23歳まで働いて」と語る優河はすっかり麗しい大人の女性だった。「ここが無くなるのは寂しい……でもサラヴァは概念っていうか、だから無くならないと思うから……」と、彼女はあの声で歌った。なるほどこれならサラヴァもバルーも生き続けるだろうと思えた。いい夜だった。

店の向かいのホテルに泊まり、朝、玄関の赤い扉を開けると細い路地の果てが妙に明るい。吸い寄せられるようにまっすぐ歩いていくと、あったはずの昭和の雑居ビル群がすっかり取り壊され、巨大な砂場になり、2台のショベルカーがおもちゃみたいに動いているのが見えた。待って、あの辺りには……と目で探すと、なつかしい緑色の階段が見えた。何度か上り下りした階段の先にあったはずの、マッチ箱のように慎ましい緑の古いビルが跡形もない。その一階にあった小さなギャラリーは私に偶然の出会いを用意してくれる大切な場所だった。その展示から、私は自分が生まれてきた時代と世界の本当の姿を、やっと知ることができたのに……。

東京では地震でも津波でもなく、オリンピックの名の下に、時を刻んだ場所が魔法のように消えていく。

でも消えてなお鮮明だ。記憶の街に、そこはあり続ける。マルグリットかダリの絵のように、小さな階段が晴れ渡った冬の青空へと誇らしげに繋《つな》がっていた。（2019．3）

今年６月ポスターハリスギャラリー、２年ぶりに移転オープン！

平成のあとさき

昭和64年1月7日、私は弘前大学にいた。

いつもにぎやかな学食前の広場に、人っ子ひとりいない。正月帰省のせいもあるが、年末から日本中は自粛ムードで宴会や派手なイベントは中止になり、テレビからはバラエティー番組やCMも消えた。家にいてもつまらないので弓でも引こうかと大学に来たのに、キャンパスは廃墟《はいきょ》のように灰色に静まりかえっている。

すると農学部の方から3人ほどが駆け寄ってきた。

「あの、天皇陛下が崩御されたんですが、何か感想お願いします！」いきなりマイクとカメラを向けられ、それが人生初の街頭インタビュー体験となった。

いやいやいや……と逃げだそうとすると囲まれ、町にも大学にも人がいなくて困っている、とその人たちに泣きつかれ、しょうがなくズルズル質問に答えた。

話した内容は覚えている。つまり天皇として生きるということはとても大変なお仕事だなあという率直な感想だった。日本は民主主義で、国民には自由と基本的人権があると学校で教わってきたけど、象徴である天皇の人権ってどうなるんだろう。たまたまその家に生まれただけなのに……と右でも左でもない私は、なるべく正直な気持ちを話して伝えた、つもりだった。

それはその日の夕方の地方ニュースで放映された。テレビ画面に映る私に似た学生が神妙に答える。「天皇陛下が亡くなられて悲しい……」

あれ、何か変。確かに自分の姿と声なのに、まるで見知らぬ誰かにみえる。自分の話し方が悪かったのか。でも自分が言いたかったこととはまるで違う。話した大筋がカットされ、あたりさわりのない部分だけ上手に編集でつないでいるのだ。

事実とは、放送する側の意図や都合でこんなに変わってしまうものなのか。

これが昭和最後の日に私に起きた事件だった。

あれからニュースでも歴史でも人の噂《うわさ》でも「真実と思われているものは必ずしもそうではない」と用心するようになった。情報にも偏りがあり、世間には「ホントのラベルを貼ったウソ」と「ウソのレッテルが貼られたホント」とがごちゃごちゃになって転がっている。人の記憶さえ都合よく自動的に編集されてしまう。実は真実や未来とはあらかじめ嘘とわかっている小説や演劇や映画の中でこそ語られているらしい。と30年かけてわかった。

ああ、そんな平成も、終わる……

（２０１９．４）


平成最後の日は高尾で九條さんのお墓参り。令和初の観劇は寺山修司原作「女の平和」でした。

土手町の本屋さん

弘前で暮らし始めたのは14歳の春だった。

新しい街で最初に探すのは図書館と本屋だった。自転車に乗ってお城の北から弘前公園を抜けて南へ行くと、テニスコートの隣に古い市立図書館を発見。そこから追手門を出て東にペダルをゆるゆるこいで一番町の坂を下土手町へ下り、スクランブル交差点を渡ってすぐの所に今泉本店があった。豊かな本の品揃《そろ》え、心をくすぐる文房具の数々、二階には知的な紳士やマダムたちが談笑する喫茶店があり、その上にはギャラリー……こんな本屋さんのある街に住めるなんて！

と、舞い上がっているうちに、ほどなく中土手に紀伊國屋書店がオープンした。今泉とはひと味違う都会的雰囲気に胸がときめく。こうしてアーケードの西の端に老舗の今泉本店、東に挑戦者の紀伊國屋が陣取り、知力の綱引き状態となった土手町には不思議な活気が渦巻いてた。夏は自転車、冬は徒歩通学の私はいつもそんな土手町に吸い寄せられては立ち読み放題。休日は何時間も立ちっぱなしで漫画を読み続けた。あれはずいぶん速読と体幹のトレーニングになったと思う。

ある日、参考書を買いに紀伊國屋に行った。するとなんと糸井重里のサイン会が始まったではないか。しかし糸井さんの新刊を買うお金はない。あきらめきれず長い列に並び、自分の番になって、買ったばかりの参考書をおずおず差し出してみた。思っていたより小柄な糸井さんはそれをパラパラめくり「オレの本じゃないねえ」と笑った。「はあ受験生なもので……」「そっか。がんばってね」とサインしてくれる様子を微笑みながら見ていてくれた店員さんにも感謝している。以来、世界に一冊の糸井重里サイン入り『みてすぐわかる日本史』は私の宝物だ。ここ数年、ずっと「ほぼ日手帳」を愛用しているのもその時の恩返し、かも。

糸井さんの激励にも関わらず私は県外の大学に落ち、どうにか弘大に入学、中高大と学生生活をこの街で過ごした。そうして9年間「書を読みに土手町へ出る」日々を過ごしたおかげで、立ち読みに耐えうる丈夫な体と世の中をおもしろがる心が自然に育まれた。

昭和、平成、そして令和を迎え、さくらまつりの終わる五月六日、紀伊國屋書店弘前店は閉店する。この店にいるといつも会いたかった本や人に偶然出会うことができた。

ありがとう紀伊國屋、あの幸福な記憶を、忘れない。

（2019．5）

 ☺ そういえばハイローザにも本屋さんがあったなあ。

オンジとオジカス

16歳から3年ほど、私は親元を離れ、弘前公園近くの祖父母の家に下宿していた。

じいちゃんは米をつくっていた。朝は新聞配達、その後は暇さえあれば田んぼに行く。「働き方改革」が盛んにいわれる昨今、彼の労働時間はかなりのブラックであるけれど、いわゆる手塩にかけるとはああいうことをいうのだろうな。「じっちゃはオラより田んぼが好ぎだんだおん」とばあちゃんが皮肉を言うぐらい。

農家の次男、いわゆる「オンジ」だったから、継ぐべき土地はなく、最初、とある富農の家にお婿さんに行ったらしい。でも昔の津軽は「婿はタダ働きの小作人」というわけで、あまりにハードな日々に耐えられなかったのか、出戻ってしまった。それから祖母と結婚し、二人で「王道楽土《おうどうらくど》の満州」に渡ったが、そこの暮らしにも我慢できなかったらしい。すぐ帰国して、周囲から顰蹙《ひんしゅく》をかった。すぐにあの戦争が起きた。そして戦後の農地改革で自分の田んぼを手に入れた。

晩年のじいちゃんのモーレツな働きぶりと忍耐強さを思うと、あの彼が耐えられなくて逃げ出すぐらいって、お婿さん生活も満州も、どれだけのレベルのつらさだったのか、とても想像がつかない。

さて、父は毎晩、歴史小説や郷土の本を読みながら晩酌するのが好きで、ある日、なぜそんなに本が好きなのかと聞いたことがある。すると父は「子供の頃からじいちゃんが昔話や歴史の話を語ってくれて、映画館さも連れてってくれて、今泉の本屋から毎月本買ってくれたからだべなあ……」と答えた。意外だった。

今年は太宰治生誕110年。県内外で展示や関連イベントが盛り上がっている。いまや日本一の人気を誇る文豪、津軽の地主の「オジカス」の太宰に触れるとき、いつもじいちゃんのことを思い出す。彼は太宰より一歳年下だった。カタカナと少々の漢字は読めたが、ひらがなが得意ではなかった。彼が子供の頃の津軽は飢饉《ききん》と不況で小学校にもろくに通えず、働かなければならなかった。本を読む姿も見たことはない。

でも私はじいちゃんがつくった米を食べて育った。だから今でも文豪より偉いのは食べ物を作る人だと思っている。そして、もし死ぬほどつらいことがあった時には逃げてもいいということも、じいちゃんの人生から学んだのだった。

(2019.6)

☺ じいちゃんは缶に入った津軽飴をせんべいにつけて食べるのが好きだった。

レジにて

仕事帰りに土手町のデパ地下に寄った。夜8時まで開いているのはありがたい。割引シールのお総菜、計り売りの肉をまとめ買い、特売の大きなタマネギ……ぱっぱっとカゴに入れてレジに並ぶ。

先に会計をしている70代ぐらいの細身の女性は、レジの店員さんとどうやら知り合いのようだ。さっきからとても楽しそうに話している。

さて自分の番になった。するとレジの女性が元気に、「新タマネギ6個。今日これお買い得ですよね」と声をかけてきた。「え、あ、そう。お買い得で……」つい、つられて返事してしまった。「旬ですものね」ぱっぱと手際よく会計しながら、店員さんは自然な口調で話しかけてくる。「そう旬だから……」「甘いから生でサラダでもいいし」「はいスープにも……」私を誰か知り合いとまちがえてるのかな、と思いつつ、でもなんとなく、たあいのない会話が弾んだ。

「どうもありがとうございました」

にこっと彼女の笑顔に見送られ、気分も軽く家に帰り、すぐ台所に立ち、つやつやの大きなタマネギの、ぱーんと張った表皮に包丁を入れる。とたんに新鮮な汁がはじけ飛んだ。できたての甘いタマネギの味噌汁をすすりながら、あのレジの会話を思い出していた。私の前に会計していた女性も、別に知り合いではなかったかもしれない。もしも彼女が一人暮らしだったら、一日で唯一口をきいたのは、あの元気なレジの店員さんだけだったかもしれない、と想像が広がる。

いまや一言も口をきかずに買い物ができる時代だ。ネットで買い物は普通だし、市内のスーパーも半分以上、ユニクロは全部セルフレジになった。大学病院の受付会計も機械になり「病院さ行って機械わがらねんで、ますます具合悪くなってまったじゃ」という愚痴もきく。ATMをつかったオレオレ詐欺の対策には警察も地域も頭を悩ませているが、これは窓口が人間だった時代には思いつかない詐欺である。機械で「人件費」を削減するのって本当に人間を幸せにする方法なんだろうか。便利になると必ずその分何かしっぺ返しが来るよ、というドラえもんや星新一のSFが身にしみる。

世の中オール機械化の流れに逆らい、あえて客に話しかける（しかも津軽弁対応）のお店や病院が弘前にまだあるのは、ちょっとうれしい。

（2019.7）

😁 これは中三地下の話。津軽弁対応のショッピングを楽しむなら虹のマートも最高。

お墓参り

「ね、ああいうときってさ、なにお願いするの?」

禅林街から岩木山に車を走らせながら従姉《いとこ》が言った。

「うちさ仏壇なくて、神とか仏ぜんぜん信じてないから、ああいうふうにお墓や仏壇に手を合わせた時、どせばいいんだがわがんないの」真顔の横顔。二人で一緒におじさんの七回忌に出かけた帰りだった。この素直でまっすぐな質問に、答えが全然出てこない。

今は外国暮らしの彼女はずっと私のあこがれの「お姉ちゃん」で、型破りの切り込み隊長的な大胆さ、針仕事やお花や料理が得意な繊細さ、とにかく親戚中最強姉御《アネゴ》としてリスペクトしているが、まさか苦手が神仏とは……。それはそれでロックな姉御らしくてよい。

一方、私は小さい頃から拝むのが好き、というか、桜は春に咲き雪は冬に降る、と同じくらい、拝むのが自然だった。そっか、どうりで子供の頃から年寄りくさく、学芸会でも老け役ばかりだったわけだ。

家に仏壇はなかったが神棚があり、父は毎朝必ずパンパン手を打って出かけたからか、神社でも大学の道場の神棚でも柏手《かしわで》打つのは平気である。小学生の時は妹の通っていた幼稚園の日曜学校に行きアーメンとお祈りするのにハマり、教会も大好きだ。お盆には母の実家で大家族みんながぞろぞろお墓参りに行く列にくっついて歩くのも楽しかった。墓で記念写真もふつう、ご先祖さまのおかげ、という祖母の口ぐせも脳内標準装備で「通夜とか葬式とか墓参りは行げる時なるべぐ行ぐもンだ。亡くなった人が生きてる人同士を会わせてくれるんだがら。お盆もお墓のご先祖さまが離ればなれの親戚を会わせでくれでるんだよ」というおじさんの言葉もすんなり身体に入った。世界中の神話や昔話が大好きだったし、何度か危なく命拾いしてきたせいか、自力だけで生きていける気がしない。だから手を合わせた時何を思うかなんて考えたこともなかった。いとこだけど、違うなあ。彼女は無宗教だという。逆に宗教は古いものならだいたい好きな私も、どれに決めていいかわからない類の「無宗教」だから、結局は似たようなもんだ。きっと、それでいいのだ。

と思いめぐらすうち、岩木山に着いた。青い風に吹かれて二人だけの長いお茶の時間を満喫した。昔のこと今のこと、あれもこれも話が尽きなくて困った。

おじさんがくれた時間だね、と顔見合わせて笑った。

（2019.8）

☺ はじめての桜林茶寮の珈琲。おごってくれた姉さん、また日本に来てね。

古時計とれんが倉庫

8月8日17時、一戸時計店に行った。

赤いとんがり帽子の屋根のこの時計店は、明治30年からあるらしい。以後、あらゆる時代の波をかぶっても、この場所で淡々と営業を続けてきた。弘前の古時計なら一度はここで修理してもらったはず。

それが昨年秋、眠るように閉店してしまった。もう百年以上も弘前の時を刻み続けてくれていたのに、奥様とそれからご主人とが続けてこの世を去ってしまって、ひっそり現役を終えたのだった。

その時計店を今度オフィスとして借りることになって……、と教えてくれたのがOさん。事務所開きをするのでどうぞと声かけてくれたのがNさん。二人とも「弘前れんが倉庫美術館」を開設するため、東京から来た若い女性だ。案内されて奥に入ると、ウナギの寝床のように部屋とコンクリの三和土《たたき》が細く奥まで続き、そこに明治も大正も昭和も平成も、連綿と続く日常の空気がみっちりしみこんでいた。令和になった今もすぐ使えるというのがすごい。

Oさんと初めて会ったのはharappa映画祭の打ち上げだった。百年残る映画だ、と、木村文洋監督の「息衝く」にまず打ち抜かれていた私だが、次に美術館のため単身弘前に来たという、ウサギのようなクリクリの瞳の彼女に胸打たれた。あれから二年、彼女はねぷた笛のうまいステキな弘前っ子になった。

さて、美術館になる煉瓦《れんが》倉庫には、2002年から三度開催された奈良美智展の記憶が今も深く残る。まだ幼い子供たちを連れて何度見に行っただろう。手伝いたい人が集まって展示会場をつくったり運営したり、街中に奈良グッズやスイーツがあふれ、みんな一緒に同じ夢を見られる魔法が街中を包んだ。

ささやかな日常、ささやかな人の力。でも集まれば古い建物や土地に再び命の灯をともすことができるのだった。経済効果とか効率とかとは全く違う力がもぞもぞ動き出して、たとえば命や世界がほんとうはつながりたがっていることを思い出させてくれたり、わけのわからなさに立ち向かう勇気をくれたり、あの展示が弘前を変えたことは確かだ。

再び時を刻みはじめ動き出した時計店。そして煉瓦倉庫。どんな美術館ができるのだろう。あの日の記憶を継ぐ、すてきな場所になってほしい。

（2019．9）


☺一戸時計店、美術館のミュージアムショップになったらいいなあ…。

「夢の祭り」フェス

今月はバサラ文学賞の特集です、というS女史の言葉にぴょんと椅子から飛び上がる。この文学賞には思い出がたくさんあって、ちょっとスピンオフ。

ユニークだったのは作品募集前に物語を書くためのバサラ大学という講座を開講したことだった。第二回のゲストは冬彦さんこと佐野史郎さんをお呼びした。葛西善蔵の「雪女」を地元の長谷川等さん、小泉八雲の「雪女」を佐野さんが朗読し、出雲《いずも》と津軽の物語についてトークセッションしたのだが、実はこの二人が初対面じゃなかったことが判明した。あの長部日出雄監督の映画「夢の祭り」で、主役の柴田恭兵の津軽三味線のライバルで地主の息子役を佐野さんが演じ、その二人の競演の行司役として等さんがちょいと出ていたというから盛り上がった。もしあの場に長部さんもいたら、大喜びで映画の思い出をマシンガントークしただろうな、と想像するだけで楽しい。その後、ゲージツ家のクマさんこと篠原勝之さんも出演していたこともわかった。クマさんの小説が原作の舞台『骨風』で佐野さんと知り合ったから、まったく縁とは不可思議だと思う。

昨秋、長部さんのお宅に伺ったとき、書斎の机の上に最後に乗っていたのが「夢の祭り」のパンフレットと、三上雅道さんからの手紙だった。長部さんが人生でたった一度メガホンをとった映画「夢の祭り」は十年前、弘前市政一二〇年のとき、記念にデジタルリマスター化された。この仕事に尽力したのが三上さんだった。私も記念上映に行ったが、色鮮やかによみがえった撮影当時の昭和の津軽の日常風景や迫力ある三味線の音色に魅了された。ストーリーは西部劇のようで、故郷や芸術に対する監督のダンディズムがにじんでいた。慈善館という映画館に幼い頃から通い詰めていた長部少年は、大学時代から鋭い名映画評をばんばん書きまくり、夢は映画を作ることだった。生涯にたった一本のこの映画にかけた長部監督の思いは計り知れない。

いつか長部さんのご命日に「夢の祭り」フェスが開けたらいいなあ。野外ステージで映画を上映して、佐野さんやクマさん、関係者の方々に長部さんの思い出をリレートーク、司会はもちろん等さんが行司の扮装《ふんそう》で……、と、想像力が暴走中である。

（２０１９．10）

浪岡バサラ文学賞は３年で終わりましたが、入賞作品はカタリストの方々がいまも朗読してくれてます。

アートフェスってねぶたみたいだ

花巻で久石譲の生ピアノ演奏とナウシカの映画上映があったよ、と、去年岩手の娘からイーハトーブフェスの存在を知り、今年行ってみた。宮澤賢治童話村のある山奥は人も車もあふれ、光る宝石みたいなオブジェが散りばめられた幻想的な森の広場で、南部名物ひっつみ汁を食べながら、ジブリの鈴木敏夫プロデューサーのトークを聴いた。鈴木氏推薦の映画、小津安二郎の「生まれてはみたけれど」を観た。震災後の賢治ブームはますます進行形のようだ。

それから北海道の飛生芸術祭のトビウキャンプに行った。木造の小学校とその裏の森や野原が会場で、奈良美智さんや大勢のアーティストの作品が校舎や森に寄り添うように作られ、音楽したり演劇したり朗読したり、子供も大人も地元人も旅人も入り交じって一緒にアイヌの踊りをおどったりキャンプしたりの一夜を明かした。焚火のまわりに屋台がぎっしり並び、エゾ鹿ソーセージや古代麦ピザを食べ、ビールを飲んだ。もともと1986年に廃校になった小学校の建物と学習林をなんとかしようと作家たちがここに住み、絵を描いたり陶芸したりして暮らしたのが始まりで、その子供世代が森づくりをしながら手作りの芸術祭を始めたこと、去年は北海道地震と台風で泣く泣く中止したこと、その分今年こんなに大勢の人が来てくれて地元の人たちが感激していることなどを知った。親切なボランティアスタッフは手弁当。人と人との距離が近い。集まったみんなが飛生の村人になって同じ夢を見たような一夜だった。

石巻リボーンアートフェスにも行った。牡鹿半島の海や森などに現代アートはなじんでいた。一方、防波堤や復興住宅は無機質な白さで高くそびえ、あちこちでブルドーザーが動き、まだ何にも終わっていないことも知った。半島の先の古い民家は詩人の家になり、昼は吉増剛造氏が暮らし、夜バーになると歌手の青葉市子さんたちが地元主婦と料理して働いていた。フェスが気に入って東京から移住した若者にも会った。石巻市内の古い商店街の電気屋のご主人が「もしこのフェスがなかったら石巻はとっくに地盤沈下してたな」と、震災から八年半の日々について教えてくれた。どのフェスも、終わればきれいに消えた。誰かとの出会いと記憶だけが残った。

（2019．11）

トビウの深夜、TOSHI が小さな教室で「今夜」を生で歌ってくれた。

弘前ヒミツ口寄せ会議①～12月8日と10日～

夜寒の弘南鉄道、中央弘前駅。昭和の柔らかい空気が漂っている。じりじりじりじり。大音響でベルが鳴り響くと、寺山修司がホームに立っていた。「こっちこっち」ストーブの側にマント姿の太宰が座って手招きしている。「やあ、生誕110年でモテモテの太宰さん」「いやあ」と照れる太宰。「47都道府県全部で太宰展したんでしたね」「十年に一度のモテ期でさ」「小栗旬主演で『人間失格』も映画になった」「あれはミカちゃんワールド炸裂《さくれつ》だったね、でも」と太宰は「寺山さんには菅田将暉《すだまさき》主演の『あゝ、荒野』があるじゃない。しかも映画賞総ナメで……いいなあ賞欲しいなあ」

そこへコンカンこと今官一が現れた。「すまん遅くなった」ライターを出すと太宰と今は一緒に煙草に火をつける。お約束の仲良しである。

「で、淡谷さん、本日のヒミツ口寄せ会議の議題は?」

するとと毛皮のコートに身を包んだ淡谷のり子が流し目で現れてびしっと言い放つ。「お祝いだべ」「何の」「コンカンは12月8日、禅林町の蘭庭院で生まれだべ。太宰も今も同い年だば、今の生誕110年祝いさねば駄目《まいね》べ」「確かに。桜桃忌をつくって太宰文学は不滅だって言い続けたの、今さんですからね。青森県初の直木賞作家でもある」と寺山。「ずいぶんコンカン推すね」と太宰。寺山はウキウキして「今さんは僕と同い年ですから」「は？」「同じ1983年に死んだから、冥土で同い年なんだ」「…」

今は構わず「俺の誕生日はどうでも、8日は忘れちゃいけないよ。例の戦争が始まった日だからな。太宰が短編『十二月八日』の中にあの状況下の日本人の心をちゃんと描き込んでる」淡谷もうなずく。「戦争賛美への反骨、皮肉込めでな」「12月といえば10日は……」と寺山がもじもじすると太宰が横から「昭和4年12月10日は僕が下宿でカルモチン飲んだ日だよ」「げげっ」一同凍り付く。「あれが人生最初の自殺未遂で、ちょうど今年は90年記念だ」「やめてください、その日は大事な……」慌てる寺山を「なんぼ煩《さし》ね」と淡谷が遮る。「さっさど列車さ乗れ。温泉で忘年会だ」「わが傷心を癒やした大鰐温泉仙遊館、懐かしいよ」太宰はご機嫌である。寺山は「12月10日紺屋町……」すると今が「5年前の12月10日、例の特定機密保護法案が通ったな」「いや俺の誕生……」

寺山の声をかき消して、じりじりじり、とベルが鳴り、闇に列車が走り出した。

（2019．12）

東奥日報に2016年に連載した「青森ヒミツ口寄せ会議」のスピンオフ。次回へ続く。

弘前ヒミツ口寄せ会議②〜オリンピック〜

「あけましておめでとう。ねぇ出ておいでよ」

太宰治がふすまの前で何度もやさしく呼びかけている。でも「起こさないでください」の札がかかった部屋からはウンともスンとも返事がない。

ここは大鰐温泉仙遊館。すでに宴会は始まって……、というか、忘年会からひと月、みんなで湯治と称して居座り続けている。だが寺山修司だけは全くドンチャン騒ぎに参加せず部屋にこもっているので、太宰が、もしやこの前、寺山の誕生日を忘れたせいかと気をもんで呼びに来たのだ。「ねえ、出てきて一緒に飲もうよ」

「酒があるのか?」隣の部屋のふすまが開き、頬のこけた丸眼鏡の男が顔を出した。「あ!」ぱあぁっと少年のように目を輝かせたのは太宰と今官一である。「誰ですか?」と、書記猫が今にそっと聴くと「知らないのか? 葛西善蔵を。芥川龍之介のライバル、私小説の神様さ。俺たちの憧れの作家さ」

はだけた浴衣姿の善蔵は「その部屋の男なあ、酒に誘っても断られたぜ。朝は早起きして原稿書くし、午後になるとフラリと出かけるし、とんでもなく規則正しい生活して……

あいつほんとに文学者か？」

「何の騒ぎですか」いつの間にか寺山が立っていた。「あ、おかえり！」と太宰。「この前の誕生日、よかったねえ、弘前で生誕祭あったんだって？」ああ、と寺山。「それに誕生日もう1つあるんだってね。ええと1月……」「10日です」「どっちが本当なの？」

「どっちでもいいべ」淡谷のり子が正月用ドレスで現れた。

「寺山、正月早々どごさ行ってきた？」

「石巻まで来てくれたんですよ」寺山の背後から白髭《ひげ》の男が出てきた。「あ、志賀さん」笑顔で駆け寄る太宰。「わいは太宰、志賀直哉と、たげ仲悪いんでねが」「いやあ紙上の論争なんて、ボクシングとかスポーツみたいなもんですから」「そう。スポーツといえば、今年はオリンピックの年なわけで」と寺山。「昔ミュンヘンオリンピックの芸術プログラムに参加したことがあるんだが」「1972年だな。68年にメキシコでオリンピックに反対した若《わげ》者《もの》400人射殺した事件の芝居作ったってな」「ええ。で、いま日本でオリンピックやるなら石巻とか被災地で開催すればどうかと思いついて、下見に」「おお、それだばなんぼ税金《じぇんこ》かげでもいい」「復興進むし人集まるし」みな頷《うなず》く正月であった。（2020.1）

志賀直哉は宮城県石巻生まれ。いやはや登場人物多すぎ！

人間椅子を好きになった日

人間椅子《いす》のファンになった。昨年8月17日夜のことである。それまで弘高出身のロックバンド、程度の甘々な認識しかなかったのが、この日を境に一変した。

その夜ASYLUMでジンジャーエールを飲みながら、Mさんの語る人間椅子愛に深く心動かされ、実はちゃんと聴いたことがない、聴いてみたいと自白すると、店主ヒロシさんが、んだのな、へば……、と、かけてくれた最新アルバム「新青年」。まずそのタイトルに打ち抜かれ、曲を耳にするや瞬殺、ファンになった。

Mさんはその日、富山から弘前まで来たのである。東京大学の安藤宏教授の「太宰治と弘前」という講演を聞き、弘前市立郷土文学館の展示を見るためだった。

彼女と出会ったのは4月29日、大宮の太宰ツアーだった。大宮で太宰が人間失格を執筆するとき使ったという机を見学しながら、彼女が小学生で「人間失格」を読んで以来の太宰ファンだと知った。夜、大宮にある居酒屋「太宰」（店主が金木出身）で、ハムスターのようなかわいい笑顔の彼女が「じょっぱり」をクイクイと飲み干す姿がよかった。じゃあ夏に弘前太宰展を見に来ないかと誘うと、本当に来てくれた。わざわざ来たんだから弘前でどこか行きたい所はないかと聞くと、彼女は、はにかみながら「MAG-NETと弘前高校」と答えた。いろんな人に弘前案内してきたが、こんなリクエストは初めてだった。ライブのないMAG-NET入口や弘高の校門を、目を輝かせて「聖地」と呼ぶ彼女は、そう、人間椅子のファンだったのだ。「デビューアルバムが『人間失格』で、太宰ロックって紹介されていて、結局、太宰とはあんまり関係なかったんですが、その詞と、それから音楽が……」図書館司書だけあって彼女は魅力を説明するのがとても上手だった。

　ファンになったからにはライブで聴かねば、と思っていると、運よく11月30日、MAG-NETで30周年記念ライブがあるという。これは運命、とチケット2枚をゲット、旧友Kさんを誘うと、仙台から来てくれた。彼女もまたデビュー以来のファンだったのだ。会場でMさんにも再会し、その夜三人で旧知の友のように飲んだ。

　この聖地での30周年ライブ、ヤーヤドーの奇跡については、また改めて書くとして、2月、いまごろ彼らはドイツとイギリスで初の海外ツアー中。ぜひ凱旋《がいせん》ライブと、夏には、人間椅子ねぷた出陣を！

（2020．2）

このとき、高校の同級生のナオちゃんにも偶然会えた。大切なもの、預かったまま…

オリオン2は
この上です
Mag-Net
20th
MAG-NET
23
IDORA
駐車禁止
Mag-Net
Welcom

まとまらない人と、ゆぱんきで

いつか行ってみたい、しかしなかなか行けない場所というものは、いつもとっておきの「初めて」に出会える場所でもある。「ゆぱんき」も、そのひとつだ。

それがある日「坂口恭平という人のライブがゆぱんきであるらしいのですが」と、唐突にMさんに誘われた。坂口恭平？ 聞いたことある。そうだ、「頭の中の無限大」という作品が教科書に載っていて、たしか生徒に書写させた。一六〇〇字ぐらい、ちょうど入試小論文ぐらいの短さ、なのに、最小の力で日常をぺろんと裏返してみせる、ものの見方や考え方（っていうと、いかにも教師っぽい）がつまっていた。肩書きは作家、建築探検家（なんじゃそりゃ）熊本県生まれ、路上生活者の住居調査など、独自の視点で社会を観察、新しいコミュニティの可能性を志向……プロフィールを読めば読むほどわからない人だが、ともかく「ゆぱんき×坂口恭平」＝「行きたい場所×会いたい人」のWチャンス！ 行きたいというと妖精風女子Mさん、たちまちチケットをとり、五重塔の下の暗闇の中にともる目印の電燈を確認し、ほそいほそいヒミツの通路をすり抜けて、異次元空間へ誘《いざな》ってくれた。

黒猫看板のもと、扉を開ける。令和二（二〇二〇）年二月二日、会費二千円と、ハートランドビールの緑色の瓶。二匹入り猫顔クッキー。なあお、と鳴くふわふわの巨大な黒い綿飴《わたあめ》みたいな猫。18時開始、のはずが、すでに話が始まってる、と思ったら電話相談中で、それが「いのっちの電話」だったと、後で知る。

やがて時間になり、彼はギターを抱え、うたいたい歌を歌い、したい話をした。合の手に後ろで猫も鳴く。絵も小説も料理も何でもするらしく、編んでる最中のセーターまで広げて見せた。たんぽぽ色だった。

これでおしまい、と言ったとき、もうちょっと、と呟《つぶや》いたら、オマケで歌ってくれたのが大正時代の革命家、大杉栄の詩に彼が曲をつけた「魔子」と、それから文章の師の石牟礼道子の三回忌のためにつくったという初公開の曲だった。『まとまらない人』という自伝のような本を買い、サインしてもらった。日常を革命中の、でも懐かしい人だった。今夜のことはたぶん後でまた思い出すことになるだろう、と思いながら、ゆぱんきのお弁当を買い、月の夜道を帰った。

そうだ、もう、ただ自由に生きよう。それだけだ。

（2020．3）

直感主義

今年ぐらい、雪の少ない冬もなかった。どこから春になったかも、よくわからない。桜はいつ咲くだろう。思い返せば紅葉も変だった。葉がうまく紅くならないまま、枯れて木の枝に残っていた。

冬を振り返れば1月中旬、盛岡経由で東京に行ったのを最後に、2月の大宮の太宰展も、他の展覧会や観劇も、上京予定はさっさと全部キャンセルした。

かわりに、地元のあれこれを巡った。

青森市では、渡辺源四郎商店新町支店で、死刑制度と裁判員裁判を絡めた「どんとゆけ」と「だけど涙がでちゃう」を観た。去年10月、赤羽で永山則夫を描いた演劇「サヨナフ」を観た後だから、どんときた。人が人を裁いて「死」を決めるのって、どうなの?

土手町アートフォーラムにも行った。リストラがテーマの「俺の屍を越えていけ」は15年前の作品だけど、ゴーン氏逮捕後の今だからこそこの問題が刺さる。畑澤作品おそるべし。出演は地元豪華キャスト、ミニコンサートのうれしいおまけつき。さらに天才沢田サンダー監督の映画「ひかりのたび」は、監督と主演男優のアフタートークとサイン会つきで舞い上がった。

ライブはMAG-NETの「ヒキガタリヨル」、ゆぱんきの坂口恭平、ロビンズネストの山口洋…。次から次へ、誘われるまま、直感のまま行ったから、あわただしいこと限りなかったが、こうなってみるとよかった。生の声、生の言葉、共有する時間の価値が身にしみる。

映画も短期間でわんさか観た。「ジョジョ・ラビット」「パラサイト〜半地下の家族〜」「1917」とアカデミー賞関連作品や「スターウォーズ」を初体験。すでにシリーズ9作目だが、暗闇にあのテーマ音楽が流れた瞬間、子ども時代の記憶が解凍、一気に40年の時間をワープした。さすがは伝説の大河映画である。

演劇、映画、音楽、文学と、ぐっとくる作品の重心はどれもちょっとずつ似ている。作り手の触覚が迫りくる変革の時代に敏感に反応するからだろう。歴史上、災害と戦争と疫病は、世界を幾度となく変え、そのたび「名作」が生まれた。東日本大震災も気候変動も、コロナショックも、百年後にふり返ればやっとその意味がわかるだろうが、嵐の中では何が起きているのかよくわからない。だからただ、直感主義で行こう。

何が大事で、何が不要か、試されている春だ。

（2020．4）

☹ コロナが怪しくなり始めた頃でした。

弘前ヒミツ口寄せ会議③〜さくらとバリケード〜

「うむ、静かだ」ここは春陽橋。急な指令に慌てて行くと、太宰治が赤い欄干にもたれて葉桜を眺めていた。なんかさびしいですねえ、でも今年は公園の生き物たちはのんびり春を楽しめただろうねえ、などと話しながら橋を渡ると桜の下に寺山修司が待っていた。「寺山さん、マスクはいいけど、そのヘルメット……」「弘前さくらまつり、まさかの百年たったらバリケード封鎖と聞いて」「いや閉鎖だからね。それに百年は一昨年で、今年は百回目なの」「ややこしい」「戦時中に三回やめてるんだ」「ほう。でも封鎖は初でしょ」

するとも浮かれた音楽が流れ出し、仮装した人々がてんでに踊りながら現れた。「なんだこの派手なパレードは」「呑気倶楽部《のんきくらぶ》です。今日、五月三日は観桜会記念日だはんで」と芸伎姿の小山初代が列から踊り出た。「タコもいるぞ。見世物の復権だ」はしゃぐ寺山に男が話しかけた。「いつも生きてる人に見つからないようにやるのが大変で、でも今年はやり放題さ」そこに太宰が駆け寄った。「わあ、均さん。茶太楼《ちゃたろう》新聞、今年で発行百年ですね、めでたい！」ぽかんとする私に「あれは茶太楼こと古木《こき》名均《なひとし》さんよ。権力嫌いの反骨精神に、アイドル女給さん大好きのミーハー魂を足して、すごく面白い新聞をつくった人なの」と初代さん。

お祝いの仮装行列に混じり、躍りながら本丸へ出た。「相変わらず小さい城だな」と寺山。「でも日本一だ」とふくれる茶太楼。「そう」と、太宰が指さす先に、夕日を背に岩木山と眼下に広がる町並み……「津軽の殿様はここから毎日下町の人々の暮らしを思って眺めてた。それならこの城は日本一だよ」寺山も「そもそも江戸時代なら、下町の紺屋町生まれの僕なんて城に入れない」「それを明治に津軽公が市民に城をくれた」「割と庶民派の殿様だな」すると茶太楼が「いや、弘前藩でも領民の命より借金返済を優先してむごい飢饉を起こした時代があった。もちろん経済は大事だが、一番大事なのは命だと、歴史が教えてくれる。公園にバリケード取り付けた人たちだって、ほんとは誰より花見したかったはずだ。でも感じないか？　大事なまつりを中止して設置したこのバリケードに、みんなの命を守りたいって想いが詰まってる」と熱弁を奮った。

「だから弘前さくらまつりは今年も日本一なんだっ」

何が何でも日本一だと情張《じょっぱ》りたい茶太楼であった。

（2020．5）

この年はぼんぼりも飾りもない公園、見たことないぐらい美しい桜の満開が続いた。

弘前ヒミツ口寄せ会議④～イーハトーブとコロナ～

今夜も出動指令、しかも県外だ。私だってテレワークというものをしてみたい。だが書記猫に拒否権はない。しぶしぶ津軽藩ねぷた村のアマビエを手に持って道を照らし、アマ笛を首から下げて盛岡へと向かう。

夜の光原社前にコートの影。「寺山さーん」と駆け寄ると、男は懐から本を出して制した。表紙に大きく『群れるな』と書いてある。慌てて2m後ずさる。と、後方からもう一人コートをなびかせ男が走ってきて寺山の顔をペラリと引っ剥がす。わあっ。顔だと思ったのはお面、その下から現れたのは太宰の微笑だった。「何してんですっ」「このお面と本、寺山修司記念館で買えたの。コロナよけにいい……」言い終わらないうちに、本物の寺山の拳がひゅっと飛ぶ。ひょいと太宰がかわす。

そこへツェねずみを肩にのせた宮澤賢治がトコトコやってきた。「シュージさんだち、相変わらず、仲良いごとお……」

「こんな奴と仲いいわけない」プンプンの寺山。「だけどいま県境越えだら、だめでしょ」

「ですよね。でも淡谷さんが『なして岩手でコロナ出ねんだが調べでこい（5月現在）』って言うんだ」「そらコロナよりおっかねえ」賢治さんも笑う。「南部の人がんばってますね」「いや津軽の人もよぐやってます」「うん、さくらまつりも人集まらないようにがんばった」「弘前エール飯も早かったしね」そんな話をしながら、岩手大学の、花巻農学校旧校舎に着いたのだった。

「津軽も南部も飢饉《ききん》だ災害だ疫病だってそんな歴史ばっかりだ」つぶやく太宰に賢治が頷《うなず》く。「この学校も人助けのためにつくられだんです。学問って人の命を助けるためにあるでしょ。みんなを幸福にするために勉強するんでしょ。あの震災あって、岩大の新入生は毎年必ず被災地さ行ぐ。全国に86国公立大学があるけど、岩大の使命は復興、忘れないごとって言い続けでる。岩手県立大学は日本初の災害対応できる公務員養成課もつくった。被災した人ど助けてくれた人でやっと今日まで来れたんだ。けど国、何してくれだっけ？もう頼らね。オラだぢの命と生活、オラだぢで守るべってずっと助けあってる。でもまだ、なあんも終わってねえ。その上コロナだ？それでも、まず何あっても生きていける人を育てねば……」元教師だけあって賢治の話は長い。でも太宰も寺山も、岩手コロナゼロの謎が、ちょっぴりわかった気がしたのだった。

（2020．6）

弘前ヒミツ口寄せ会議⑤～やあ――やど、の巻～

今日は7月25日、口寄せ会議は代官町ドーランズ前に集合である。持ち帰りピザを片手に石坂洋次郎が待っていた。「石坂先生、お誕生日おめでとうございます。生誕120年ですね」「ありがとう。ほんとは1月25日生まれなんだけど役所に届けたのが7月でね」「昔は赤ちゃんの死亡率が高かったですもんね」「そう。ある程度育つ見込みがついてから届けたものさ」

ピザを食べながら中土手町に出た。月夜に「弘前ガーディアンズ」の幟旗《のぼりばた》が妖《あや》しくひらめいている。

「今年はねぷた、中止か」と石坂氏が呟《つぶや》くと「残念ですっ」とルネス前の旗から飛び出してきたのは……

「あ、お祭大将ヤーヤドン！」「誰かね」「弘前の魅力を発見・発信するローカルヒーローです」「ほう、武器はささらか」「こんな電線を持ち上げる竹竿《たけざお》が武器で体は和紙という、弱そうな所も魅力です」と言う私に石坂氏が「いや、ささらを外せば青い竹槍《たけやり》の鋭い穂先が現れる」「えっ！」「なにせ、ねぷた喧嘩《けんか》は命がけなのだ」ヤーヤドンはしっかり頷《うなず》いた。「私もねぷたは大好きだ」と石坂氏は著書「わが日わが夢」を出して読み始めた。『ネブタ──佞武多と書く。／津軽の七夕祭りの名物だ……』「ねぶたじゃないキン、ねぷただキン」ヤーヤドンのベルトにくっついている金魚ねぷたのキン坊がぷんぷんしている。「昔はどっちも使ったんだよ。青森がねぶた、弘前がねぷたと決まったのは40年前からさ」と石坂氏は微笑み、朗読を続けた。『「来た！　来た！」／「見えるぞ！」／群衆の中に波のようなどよめきがひろがる。遠く、潮騒に似た音響が聞え出し、地ひびきがし、間もなく消防の高張提灯を先頭に、ネブタの行列が、昔々の化物のような勢いで迫ってくる。／「やあ──やど！」／「やあ──やど！」／頬かむりの逞《たくま》しい若者達がかれたしわがれ声で気勢をあげる……』「ううっ、じゃわめぐぜ」感激してヤーヤドンが叫ぶとキン坊も「若者、昔はほっかむりしてたキンか……。粋だキン」と目をキラキラさせた。すると旗から不動明王もアマビエも鍾馗《しょうき》もみんな出てきて「なんぼいいばあ」「よし今夜は特別やるべ」やるべやるべと盛り上がり、とうとう皆ほっかむりしてねぷたを担ぎ、街へ繰り出した。

石坂の誕生祝い＆疫病退散を祈るヤーヤドーの声は朝まで弘前の街に響くのだった。

（2020．7）

😄「ヤーヤドンは武器、持ってません。竹槍も仕込んでませんよ」とＳくん談。

この空の、大きな花火

「みんなが爆弾なんかつくらないで、きれいな花火ばかりをつくっていたら、きっと戦争なんか起きなかったんだな」放浪の画家、山下清（1922～1971）が残した言葉だ。「裸の大将」でピンとくるかも。

彼が描いた花火の絵が青森市の長島小学校にひっそりあった。昭和33年青森に来て、長岡の花火を思い出して描き、寄贈されたものらしい。

この絵を偶然見つけたのが、ベトナム在住の工芸／美術家の遠藤薫さん。彼女の作品「閃光《せんこう》と落下傘」がいま国際芸術センター青森（ACAC）にある。

6月1日、たまたまネット配信で遠藤さんを知った。青森県立美術館の奥脇さんとのトークで彼女が太宰治の「皮膚と心」について話すのを聞き、どうしても会いたくなってACACに押しかけ、「いのちの裂け目——布が描き出す近代、青森から」展を見た。これは青森市が所蔵する民俗資料（田中忠三郎コレクション）とアーティスト三人（碓井ゆい・遠藤薫・林介文）が出会って生まれたインスタレーションだった。

会場の奥に遠藤さんが津軽裂織の技法で織った巨大なパラシュートがあった。全国の空襲を受けた町で集めた古布でつくられた大花火。作品を見上げながら、山下清と大林宣彦監督の映画「この空の花」の話を聞いた。展覧会が始まるはずの4月11日の前日に大林監督が亡くなって、これは監督に捧《ささ》げる花火になったのと、遠藤さんは後日、映画のDVDを貸してくれた。長谷川孝治さんが脚本で、舞台「津軽」の少年太宰を演じた猪俣南さんが出演し、いつか見ようと思いながら忘れていた2011年撮影の映画だった。

そのDVDを7月1日に観た。戊辰《ぼしん》から日清日露、昭和の戦争……。時間と空間は幾重にも重なり、東日本大震災がリアルタイムで揺さぶりをかける。大林マジック炸裂《さくれつ》で、おとぎ話風味のドキュメンタリー。あの世とこの世の声を拾い、命のルーツをたどって未来へ編むまるで大林監督の遺言だった。

8月1日は長岡空襲の日。それを忘れないため毎年「慰霊、復興、平和」の長岡花火大会が始まる日。コロナで大会中止の今年、でも記憶の花火が上がり続けている。青森空襲と同じ、雨みたいに降り注ぐナパーム弾。焼き尽くされた誰かの声が、風に混じって聞えてくる。あの戦争も震災もちっとも終わっていない。

ああほんとに、世界中の爆弾、花火になれ。

（2020.8）

この年は太宰生誕祭も中止。でも太宰ファンの遠藤薫さんたちと金木や大鰐へ行った。

美術館、まんなか、まわりみち

7月11日、昔話研究の巨星、佐々木達司さんのご葬儀が五所川原であった。ぽっかり行き場のない喪失感を持て余して帰ってきた午後、ギャラリーまんなかの清藤君から「どどまんなか展」が始まりますよ、という連絡が届いて出かけた。少し救われた気がした。

中央弘前駅のラーメン屋だった場所に、弘前大学の美術の学生たちが手作りでギャラリーをつくったのは二年前。壊されるとわかっている駅にこんなおしゃれなギャラリーをつくるなんて、それだけでじゃわめぐ。「ずっと田中屋の画廊に憧れていて、でも無くなって悲しくて、じゃあ大好きな大鰐線のこの駅に自分たちで自分たちのためのギャラリーをつくろうと思ったんです」まんなか実行委員会代表の渡辺さんがまぶしそうに目を細めて話してくれた時のことを忘れない。田中屋さんと村上善男氏が弘前にともした灯は、ここにまだ生き続けている、と思った。

さて、この日は弘前れんが倉庫美術館がようやくグランドオープンを迎えた日だった。本来なら開館と同時に新中央弘前駅とロータリーが完成しているはずだったのにまだ工事は途中。おかげで昭和レトロな駅舎がまだ現役である。突然ジリジリとダミ声のベルが鳴ると人々が降りたり乗ったり、ゆっくり動き出す。日常の小さな旅が郷愁に染まる。待合室の隣のギャラリーに並ぶ若い地元アーティストの作品の息吹が、列車の鈍い鼓動と調和して、なんとも心地いい。

偶然、ふゆめ堂さんご夫妻に会えた。達司さんの話になったとき弘前昇天教会の鐘が鳴り渡った。まるで映画のようだった。古い場所には不思議な力が宿るのか。ギャラリーも駅もこのまま残ってほしいと願いつつ、遠い駐車場まで傘をさして歩いた。こんな日は路地裏がいい。久々にかくみ小路に足を向けた。

すると道端に小さな小さな本屋が生まれていた。待て待て、ずっとこんな本屋がほしくてほしくて、ついに幻覚を見てしまったんじゃなかろうかと目をこする。まわりみち文庫、と名前までが物語だ。懐かしい友人の書斎に入るようにするりと吸い寄せられる。古本と新刊が仲良く並ぶ小さな棚は、それぞれが小宇宙。読みたい本に出会うための、弘前の街が待ちわびた本屋だった。

なつかしい場所や路地に新しい命が吹き込まれて、弘前はまた、歩きがいのある街になっていく。

（２０２０．９）

まわりみち文庫は７月で１周年を迎え、まるで昔からかくみ小路にあるみたいな風格です。

ぶた絵展

弘前の一番暑い日

9月3日、弘前の最高気温36・7度。コロナでどこへも行けないので、きっとハワイの方で来てくれたんだ、と絶賛南国妄想中に、急にお墓参りに誘われた。

禅林街の赤門をくぐって藤先寺《とうせんじ》へ。ここは津軽為信の義弟、藤崎城の五郎六郎と、為信の娘富姫の菩提を弔うお寺だ。今純三《こんじゅんぞう》・せつ夫妻のお墓もある。

春、弘前市立博物館で久しぶりに純三の「バラライカ」を見た。第一回帝展入賞のこの絵は青森の美術界の希望になった。だが、これからという時、関東大震災が起きて帰郷。純三は青森で人々の暮らしや風景を絵や版画でたくさん残し、考現学者の兄和次郎に協力し、後輩の美術家たちを育てる。志を持って再上京したが戦況悪化で自由に絵が描けず、失意のまま昭和19年9月28日病死。青森に帰った妻せつは翌年7月28日「純三の夢を見た」と慌てて土蔵を借りて絵を移し、その夜青森空襲で亡くなる。絵だけが助かった。

今家先祖代々の立派な墓所のなかに、夫妻の眠る墓石があった。白い滑らかな平たい石。きれいだった。

純三は母を亡くしたとき、この藤先寺の墓所をスケッチしている。同じ頃、大光寺の大川亮の家も訪れた。農閑工芸で有名な大川亮だが、実は東京美術学校（東京芸術大学）で学び、帰郷後は洋画研究所を開設して洋画の普及に努めた人でもある。

その大川亮のことで、吉井千代子さんに一度お話を伺ったことがある。彼女は若い頃こぎん刺しの名手であり、美術にも詳しかった。20年ほど前「うちの倉庫で展示しない？」と、奈良美智さんに声をかけたのは吉井さんで、そこからあの奈良展の奇跡が始まった、と、大川誠さんが教えてくれた。完成したれんが倉庫美術館、見たかっただろうな。いや、みんなどんなに吉井さんに見てほしかっただろう。吉井さん、いい美術館ですよ。高校生以下は無料ですって。市民でもそうでなくても、子供たちがいつでも自由に世界のアートに触れられる場所になりました。吉井さん、寺山の短歌も好きだった。この日は寺山修司の父八郎がセレベスで戦病死した日でもあった。吉井さんの叔父さんは絵描きで、戦死して、絵は無言館にあるという。

見上げれば戦後75年の青空、ユニークな形の雲が次々現れ、流れて消えて、やがて紅く日が暮れた。自由に絵が描ける世界はすてきなのだ、と思った。

（2020．10）

「無言館」に 吉井さんの叔父さん、画学生で学徒出陣した方の絵を見に行かなきゃ。

祖父は新聞が好きだった

9月から東奥日報の夕刊がなくなった。さびしい。

県内各地を転勤していた実家は、ずっと東奥日報だった。食べながら読むのはやめてとかトイレで読まないでとか、母に小言を言われつつ、父の片手には朝夕いつも新聞があった。後に初代弘前市長となる旧津軽藩士・菊池九郎が創刊以来、青森県の言論と文化の場は東奥日報だったし、朝刊より庶民的な夕刊は、朝まで待てない速報を届けてくれるツールでもあった。

スマホ時代になり、情報のスピードは加速し、紙の新聞の存在感は薄くなった。便利だがネットニュースは興味あるものに偏りがちで、その点、新聞は地図のように広げて見渡せるのがいい。読み終わったら野菜を包んだり生ゴミを捨てたり、台所でも役にたつ。

昔は地方紙と全国紙の二紙セットで購読する人も多かった。私も一時期、地元の二紙と朝日新聞の三紙をとっていたが、チラシの洪水と数日家をあけるとポストがあふれ出す惨事でお手上げとなり、まず朝日をやめ、迷ったあげく究極の選択で、小学生新聞がかさばるので東奥日報を諦めた。漢字は旧漢字でもルビをふれば子供も読める。10代から大人まで一緒に読める新聞がいいなあ……。で、結局今は陸奥新報だけを購読している。

陸奥新報と朝日新聞は、高校時代に弘前の祖父母の家に下宿するようになって初めて読んだ。農家だった祖父がずっとその配達員をしていたのだ。

朝4時前、階下でシャワーを浴びる音がする。身体を拭いて乾布摩擦、着替えて配達に出かけていく音。配達を終えて田んぼを見回り、帰ってきて朝ご飯を食べ、じっくり新聞を読むのが、晴れの日も雨や雪の日も、春夏秋冬、変わることなく繰り返される祖父の日常だった。「おじいちゃんよほど新聞好きなんだね」と言う私に、祖母が「爺《ジ》さまだっきゃ、カタカナと漢字少し《ワンツカ》しか読めねのにな」と笑うので驚いた。農家の次男《オンジ》だった祖父は不作不況の時代に生まれ、小学校も行ったり行けなかったりで働きどおしの人生だった。読み書きを学ぶ機会には恵まれなかったが、体力と記憶力は抜群で昔話や歴史をたくさん知っていた。習ったわずかな字を手がかりに、読めない部分はたぶん想像力を働かせながら、毎日自分が配達する新聞とにらめっこしていた。新聞を広げるたび思い出すそんな祖父の姿は少し誇らしげで、満足そうなのである。

（2020.11）

東奥日報はコンビニで買っています。ネットニュースも見てます。お世話になってます！

弘前ヒミツ口寄せ会議⑥～『NO WAR』の基地～

今夜の口寄せ会議は、弘前れんが倉庫美術館の入口集合である。メモリアルドッグ前には寺山修司と仲間たちがすでに集まり、ワイワイやっていた。

「いま小沢剛展で一緒にやってる人たちで……」と寺山が紹介しかけると「あ、フジタさん！」太宰がおかっぱメガネの男に駆け寄る。「藤田嗣治、僕の本の装丁もしてくれた世界画家だよー！」とハグしようとするのを「はいディスターンス」と、野口英世が制する。「弘前もコロナ出たでしょ、気をつけて。人生で変えることができるのは、自分と未来だけなんだからね」

そこへ「開催おめでとう」と戦場カメラマン・沢田教一がやってきた。「やあ、今年はベトナムで撃たれて50年か。弘前でも写真展があったね」と寺山。「撃たれたのはカンボジアだ」と沢田は苦笑し「しかし百年前の酒蔵を美術館にするなんて、弘前は古い建物が残っててうらやましいな」と言う。「俺たちの青森は空襲で焼けたからね」と寺山。「でも変だ。弘前には陸軍第八師団があるんだから真っ先に攻撃されるはずだろ」「城があったから助かったのかな」「いや、名古屋城も岡山城も、名城が7つも空襲でやられてる」「三鷹も甲府も、金木まで攻撃されたよ」と太宰。「大湊や八戸や連絡船も」「なぜ弘前だけ無事……?」

「それが謎だ」修司の父寺山八郎が現れた。「だが、わが母校、東奥義塾で教えた宣教師たちがアメリカに帰国後、弘前を攻撃しないよう友人知人に運動したという説がある」「なんと、では弘前を救ったのは、国を越えた友情だったのですね」とジョン・レノン。

「真実なら素晴らしい。われわれが文明国たるために、血なまぐさい戦争の名誉によらなければならないとするならば、むしろいつまでも野蛮国に甘んじよう！」と岡倉天心が演説を始め、拍手が起こる。「奈良美智さんも2014年に『NO WAR』という画集を出してるワン」とメモリアルドッグ。「じゃあ、れんが倉庫美術館は『NO WAR』の基地だな」という太宰に「そうだね。もう二度と美術や音楽や文学が戦争に利用されないように」とフジタ。「弘前を芸能と芸術の都にしよう」

それはいいね、とジョンがイマジンを歌い始める。想像してごらん、弘前に世界中からアート好き音楽好きお祭り好きが集まる百年を。手には銃じゃなく、絵筆やカメラや楽器を持って、世界とつながるんだ……。

（2020.12）

☺ 30年前「イマジン暗記したら単位あげる」と言った弘大の若い女の先生、どうしてるかしら。

謹賀新年
マスク売り場
この先、
マスクは必ず着用願
お忘れの方は、お買い求め
岩木山神

「お母さん」の仕事

謹賀新年、今年もよろしくお願いします。

さて、去年はとてもとても大事な年だった。教師時代、最後に担任したクラスの最後のロングホームルームで「30才になった自分への手紙」を書かせたことがある。それを開封する約束をした年だったのだ。

まだアンジェラアキの「手紙」が流行《はや》る前で、その頃はオリンピックも令和もコロナも、未来はすっかり霧の中。試験を控えて煮詰まる受験生に、もっと遠くを見ていてほしくて、それから私自身が今の気持を書いておきたくて、生徒と一緒に未来の自分に手紙を書いた。三月彼らを卒業させたら私も教師を卒業して主婦になる、その理由を正直に書いて封印した。

二〇二〇年の夏、クラス会を開いて手紙を開けて読むのをみんなもずっと楽しみにしていたようで、昨年早々、クラス委員長から連絡がきてせっせと準備していたのに、コロナで集まることができなくなり、やむなく延期になった。今年無事に開けるといいなあ……

離任式で「先生なんで辞めちゃうの！」と聞かれてうまく答えられず、どうして辞めるかいつか書くからね、と約束した。いま結婚して子供を産んだ生徒から、今なら先生の気持ちわかるよ、仕事と家庭、育児と介護、大変だねなんて言われてきゅんとする。

いま彼らと同世代の若者が、身をナノレベルまで粉にして働き、恋や結婚どころじゃないほどくたびれている姿を見たり、「自分で生んだ子なのに愛せる自信がない」としくしく泣くのをなだめたりしながら、昔のことを思い出し、結局「あたしたち」が幸せになるために何が要るんだろう、と考える。もちろん仕事も家庭も両立している素敵な人たちも大勢いる。でもあの時、仕事を全うしようとすると、不器用な私はきっと自分の子や家族と過ごす大切な人生の時間を削ってまで働いただろう。

12月5日、れんが倉庫美術館で鎌田慧さんと寺山修司や永山則夫のネグレクトの話をしたが、彼らの母たちがそもそも愛されて育っていない。一度産んだら「お母さん」は辞めることができない。でも、もし彼女たちのように戦争や貧しさで生きるため子を捨てて働かねばならなかったら自分はどうしていただろう……。

今年あの手紙を開いて読めたら、あのとき自分の選んだ道についてそろそろ書いてみようかなと思う。

（2021．1）

弘前ヒミツ口寄せ会議⑦～文学の学校の巻～

今夜の弘前ヒミツ口寄せ会議は弘前中央高校西門集合である。私は昼は県立人文学館調査員、夜はヒミツ口寄せ会議の書記猫を兼業している。文化予算がぐんぐん削減され、文化は不要不急かと問われる昨今、この国の未来を心配してか、暇なのか、あの世の人もこの世の人も口寄せ会議に入り乱れて忙しい。

今宵は雪だ。うっとり堀端の冬の桜を眺める太宰に「第6回東奥文学賞決まりましたね」と寺山が話しかける。「ああ道田貴子さんの『北側の壁』ね。寺山さんの友だちの三浦雅士さん、出色の恋愛小説だってほめてたね」「そうだね。そういえばこの文学賞のルーツ、太宰さんの『列車』がもらった賞だよね」「そう、竹内俊吉が選んでくれてね。あの時は賞金、助かったなあ」

「今回から私の代わりに川上未映子が審査員だってね」と長部日出雄もやってきた。「いいねえ、新しい風が吹くのは」「川上さんは〈とりとめのない日常の細部を丁寧に掬《すく》いとっている〉って評価してたよね」と寺山。「あたり前がいちばん難しい。プロでも難しい。

道田さん、すごいじゃないか」と長部が言う。

校舎から石坂洋次郎も出てきた。「道田さんも第2回受賞の田邊奈津子さんも、わが弘中央卒業生というのがうれしくてね。田邊さんの担任の舘田勝弘先生が、道田さんの時の校長先生だったんだって?」「はい」「セラさんも当時、弘中央で教師してたとか」「はい。石坂さんの弘中央時代の書類を舘田校長が見せて下さいました。あなたの先輩国語教師だよって」「へえ、みんな舘田さんにつながってるのか。彼は文学賞の幸運の男神かもしれないね」と石坂が微笑む。

「弘前には文学学校もあるんだってね」と太宰。「はい、田邊さんは卒業生、道田さんは在校生だそうです」すると東奥日報十枚小説の審査員だった今官一が現れた。「弘前文学学校は今年度コロナで一年間休校措置をとった。その間も書き続けるようにと伝えた渋谷江津子代表はじめ、メンバーは様々な成果をあげたそうだ。小説はひとりで書くもの、誰かに教わったから書けるというものじゃない。文学の道に終わりはなく、それぞれ孤独だ。だからこそ読んだり書いたり、文学を語り合える仲間、競い励まし合える場が、この弘前にあることは心強い。いまはお互い、会えなくても」

雪の桜の花びらが降りしきる静かな夜だった。

（2021.2）

今年、弘前文学学校は授業を再開。場所は鍛治町の城東閣。なんかいい。

鉄道と俳句

この冬、生まれて初めてストーブ列車に乗った。

昨年太宰治文学サロンの吉永さんが三鷹からはるばる乗りに来て、もう最高！　ときらめく瞳に焔《ほむら》を燃やして熱く語るのを聞き、それなら私も乗ってみたいなあと思っていたが、いざ乗ってみると、まさかこんなステキな乗物がこの世にあったなんて、しかも地元に！　なんで今まで乗らなかったんだ、私のバカバカバカ……と突っ込みたくなるほどよかった。

例年なら観光客ぎっしりの車内も、その日は乗客わずか5人でストーブ隣のS席に陣取る。車内販売の日本酒と、肴《さかな》はあぶったイカがいい。石炭クッキーをほおばり、アテンダントさんの名調子に笑い、白い三角の岩木山と果てなく広がる津軽野に見とれ、超レトロな車内に灯がともれば完全に昭和へタイムスリップ。なんと贅沢《ぜいたく》な時間旅行……乗るなら今がチャンスだ。

かつてこの津鉄には「水車吟社」という社員の俳句結社があった、と成田千空《なりたせんくう》研究家の齋藤美穂さんが教えてくれた。津鉄が開通した時、芦野公園駅長が木村九折という俳人で、みな列車で集まるから句会は駅前で開かれ、鉄道沿線に俳句結社ができたそうだ。

弘南鉄道も同じく、俳句が盛んな黒石や大鰐と弘前を結んだ。鉄道は人と文化を運ぶ血液だった。窓の外の岩木山と四季折々の津軽平野、古い家々。乗っているだけで津軽の詩情が育まれる風景……。

さて「プレバト!!」のおかげか世は俳句・短歌ブーム再来中だ。俳句甲子園出場を競う弘高や聖愛も弘南鉄道沿線にある。それなら列車の中で俳句や短歌の教室をしたり、吟行したり、大会するのもいいだろうな。

友人は弘南鉄道に親子でよく乗るという。遊園地のアトラクションに乗る感覚なのだとか。なるほど、あの風情と風景、まるで昭和のテーマパークのような魅力がある。もし一度壊してしまったら二度と戻らない。中央弘前駅などの駅舎や列車は鎌倉の江ノ電のように、ぜひレトロなまま大切に使って残せたらいい。

岩手の三陸鉄道は大震災からたった5日で復旧を成し遂げ人々を勇気づけた。あれから10年、ずっと復興への希望を運び続けている。速くて便利で綺麗などんな乗り物より三鉄は強かった。無骨な昭和は侮れない。

ちなみに3月31日は風土俳句の先駆者、成田千空の百回目の誕生日だ。その日、津鉄に千空列車が走る。

（2021．3）

500号と10年

日曜の夕方ってどこかへ出かけた帰り道だったり、夕食の仕度をしていたりで、別の予定を入れにくい。でも2月28日16時からの本町、弘前読書人倶楽部《くらぶ》月例ブックトークは例外。なにせゲストが月刊『弘前』編集者、齋藤真砂子さんで、さらに『弘前』通巻500号のお祝いも兼ねて、という。行かない選択肢はない。

トークはほのぼの進み、先代の青木さんからたまたま編集を引き継ぐことになった経緯や秘話が明かされた。街や人に寄り添いながら、尽きない好奇心で取材、ていねいに毎月一冊ずつ形にしてきた齋藤さんと編集スタッフの姿が目に浮かぶ。スポンサーに毎月、直接届けに行っていたことも、今回初めて知った。

資料として齋藤さんが編集に加わった351号から500号までの表紙写真の撮影者、巻頭随想の書き手と特集をまとめた一覧プリント5枚が渡された。その一行ずつの名前やトピックを見ているだけで、13年間の街の様子や人の往来が生き生きと蘇ってくる。おもしろい。

さて資料中、10年前の3月号の巻頭随想に自分の名前を見つけた。原稿を書いた時はこの月に震災が起きるなんてちっとも知らずにいた。そして同年5月からこの多々他譚の連載が始まった。なんと長くて短く、軽くて重い歳月！　10年分の走馬灯が競馬の出走よろしく一斉に脳裏を駆けめぐる。震災からコロナまで、世の中の転変に、書きたい時もあればその逆もあり、締切り過ぎたり書き直したり、いろいろ手を焼かせる迷える私を、齋藤さんはやさしい羊飼いのように導いてくれた。感謝と謝罪の言葉で花束つくりたい。

出版不況が続き、フェイクにまみれた情報洪水の中、手作りのミニコミ誌や小さな書店の存在感はかえって増している。特に被災地に行くと、きまって新旧の手作りタウン誌や魅力的なフリーペーパーに出会う。街の人たちの生の情報を集め、光をあてて活字にし、ひとつひとつ大切に手渡して歩く街場の編集者たちの姿が浮かぶ。そういう仕事が街を変える力になるんだな。

津軽書房の高橋彰一の創刊以来500回続く『弘前』。全冊並べて展示したら、と今泉さんが提案していた。それはぜひ見てみたいなあ。弘前の生活文化史展になるなあ……。したばって『弘前』知らね人《ふと》もいるよ、と誰かが言ったら高瀬霜石さんが「わい、その人、病院さ行ったごとねんだべな」と呟《つぶや》いたので吹き出した。

（2021．4）

訛る

（2011年3月号巻頭随想掲載）

「あんだって、訛ってらっきゃの」唐突に言われた。

三沢から弘前の中学校に転校してきたばかりの私は、一瞬時が止まり、それから耳を疑い、最後に腰が抜けるほど驚いた。確かに南部のイントネーションは津軽のそれとは、これでもかというほど逆を行く。会話はまるで抑揚の二重螺旋構造。しかし、しかしである。

訛ってる人に「訛ってる」って言われた。

その衝撃波は三十年近く経った今でも鮮明に蘇る。そっちの方がよほど……と言いかけたが、ここは弘前、津軽ど真ん中。ゆるゆると南部弁で反論しようものなら、あのオソロシク早くて情報量の多い言葉で返り討ちに遭い、無惨な最期、間違いない。生き残るには津軽語習得以外の道は無いと悟る。もともと父祖は純血津軽人、素質はある。そして津軽ネイティブと結婚、現在に至る。もう大丈夫だ。

さて一昨年、私の文章を読んだ友人（現在県外在住）が言った。「あの『北奥氣圏』って雑誌、津軽のことばとか特集したりして面白かったけどさ、あんたの文章って小説も評論も、津軽弁とか全然使ってないのに、一番津軽なんだよねえ」

「へ？」「文が訛ってる」

かつてH高校放送局・花形アナウンサーだった彼女は、今も文章を音読して読む癖があるんだという。私の文はやたら「、」や「。」が多く、なんだか読みにくい。思い立って津軽イントネーションで読んでみたら、すごくしっくり読めたという。

結局、それと知らず、私の人生は訛っているらしい。かなり。

おわりに

ふいに弘前の街で「今月の読んだよ」とか「おもしろかった」と声かけてくれる人に会うと、ああ書いててよかったなとしみじみ思います。だからいつも、そんな街の読者とか、出会った人たちの顔を思い浮かべながら書いてきました。

出版のことを小野印刷の木村社長に相談すると、ぜひ担当したいと手をあげた奇特な社員がいるということで、それが宮嶋さんでした。やがて愉快な仲間たちが集まって、こんな本にしたい、あんな本にしたいと盛り上がった初夏の夜がありました。つくる過程そのものを味わいながらこの本ができました。

本書に登場した皆さん、これまでとこれからの読者の皆さん、そして月刊「弘前」編集者、齋藤真砂子さんと小野印刷、北方新社の皆さん、最後に家族に感謝を捧げます。

そうそう、「多々他譚」のシリーズ名は、あの頃テレビによく流れていた公共広告機構のCM「ぽぽぽぽーん」のリズムにあやかってつけました。忘れないように、つけました。

連載はまだ、続いています。

2018

2019

2020

2021

弘前多譚　索引（タイトル順）

は

ま

や

ら

わ

（　）内の数字は回数

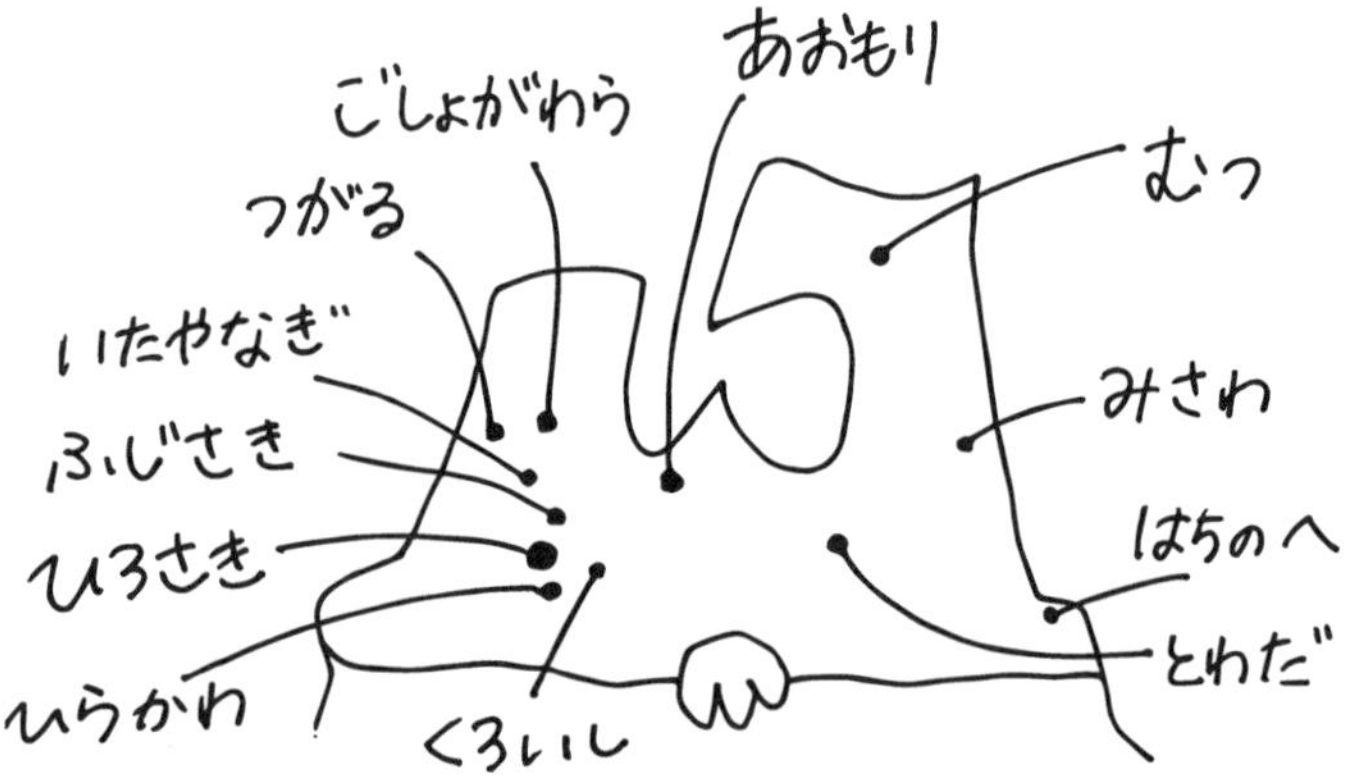

弘前多譚　索引（あいうえお順）

題字　　　　　　雙葉
bookdesign　　つちや牧子
coordinate　　宮嶋麻紀子
hirosaki map　清藤慎一郎
photo　　　　　Kei・Akari・Ibuki

弘前多譚　Hirosaki Tatan

発行日・2021年12月1日

著　者　　世良 啓
発行者　　sekka
発行所　　（有）北方新社
　　　　　住所　青森県弘前市富田町 52
　　　　　電話　0172-36-2821
印刷・製本　　小野印刷所
ISBN978-4-89297-289-8

HIROSAKI TATAN
~2021